图书在版编目(CIP)数据

接近于无限透明/朱苏进著. —北京：人民文学出版社，2014
（有价值悦读）
ISBN 978-7-02-010247-1

Ⅰ.①接… Ⅱ.①朱… Ⅲ.①中篇小说—小说集—中国—当代
②散文集—中国—当代 Ⅳ.①I217.2

中国版本图书馆CIP数据核字（2014）第028809号

责任编辑	胡玉萍　王　晓
装帧设计	陶　雷
责任印制	王景林
出版发行	人民文学出版社
社　　址	北京市朝内大街166号
邮政编码	100705
网　　址	http://www.rw-cn.com
印　　刷	北京市松源印刷有限公司
经　　销	全国新华书店等
字　　数	145千字
开　　本	787毫米×1092毫米　1/32
印　　张	8.5　插页3
印　　数	1—10000
版　　次	2014年6月北京第1版
印　　次	2014年6月第1次印刷
书　　号	978-7-02-010247-1
定　　价	28.00元

如有印装质量问题，请与本社图书销售中心调换。电话：01065233595

出版说明

社会飞速发展,欲求稳定健康、立足长远,必须有具备良好价值的文学读品,丰富和保护我们个体的心灵和创造力;社会飞速发展,现实的我们,也确实没有多少完整的时间,投入心性的培养和审美能力的提升。人民文学出版社推出这套"有价值悦读"丛书,以作品精到为编选方向,以形态精致为制作目标,旨在为当今奔忙于生计和学业的人们,提供一个既可以随时便览,抽时间细细品味也深有内涵的文学经典读本。

初出第一辑,以当代优秀的小说家为主,每人一册,不特选小说,作者有被称道的散文作品亦纳入该作者的选本。

限于目前的具体情况,一些作者未能收入眼下这一辑,我们将在后续的出版过程中,满足大家的要求。

我们热切地期盼广大读者,对我们这套丛书提出意见和建议,以使我们能够做得更好,我们彼此能够更贴近。

人民文学出版社编辑部

目 录

轻轻地说 \ 1

绝望中诞生 \ 37

接近于无限透明 \ 135

最优美的最危险 \ 227

棋人小品 \ 255

毕加索的轰炸 \ 263

轻轻地说

妻子被抬上产床,软弱得像片羽毛。她眼睛惊惧地大睁着,直视我:都是你,都是你!她鼻孔往外喷出透明的火苗。一进入产房,她就忍着不叫了。而在此之前,她一个劲地叫,不管疼得凶不凶她都大口小口地叫。她全身挺直,两手欲罢不能地按着隆起的蠕动的腹部,用一条喉咙替两个生命叫。她觉得叫着好过,她用叫声向全家人撒娇、抗议,好让人们什么都别干,全围着她。但是姥姥总把人们赶开,说:别理这个葫芦瓜,早着哩。又训我:你睡去,快快睡去,有你熬的。此刻,妻子冰凉的手指抓住我不放,护士把她手指一下子掰开,极有技巧,甚至连句话都不说就用下颏撵我出去。这位护士一连串地准备药盘棉纱器械,没有半点多余动作,连掰开妻子手指也是顺道完成的,显出一派不凡。我极想向她恳求点什么,告诉她:我妻子和别人不一样,她的心脏……请千万……但是护士的下颌——那微翘的能把人挑上半空的下颏儿,使人敬畏交集。其实她个头并不高,但只要她把下颏儿稍微一翘,我就觉得她比我高。

你别走……妻子异样地唤我。

于是我看见一张垂死者的面孔。对死的恐惧和对生的恐惧使妻子脸那样凄清,竟成了张什么也无的白纸。她到这里来,不是为了死而是为了生。但我见过垂死者,那面孔就和妻子一模一样。生和死居然贴得这么紧,紧得让人辨不出谁是谁。门旁有一副带滚轮的担架,帆布垫上有暗色血渍,不知干透没有,也不知还沾过其他什么东西,不灰不黄的。哪里有血,哪里总该沾染些别的,不是么?它真丑真脏,又停在我身旁,用它的模样逼我烤我噬我。我强迫自己久久注视它,并不知道这种注视有什么意义。注视,注视！于是心中有样东西渐渐流失了。几小时后,妻子也将躺在上面。如果她还活着,就推向病房;如果死了,就推向太平间。两个地方一生一死,却都十分安宁。担架车空着,这更令人阴郁。你别走啊……声音更弱了。那小葫芦瓜是我们不经意得的,我们本想在明年春天充分酝酿身心后好好地种下一个。谁知她——我相信是女儿——迫不及待地跟来了。仿佛不把自己当回事。真太随便。我们不安,我劝妻子刮掉。她痛苦,她越发不安,但是她不。既然来了,就要！说话时的神态,让我心颤,多像头母兽啊。她身上那古老的母性情愫苏醒了,而一旦苏醒,世界在于她便是一个充满威胁的世界。谁要违拗她,都会伸出真正的爪子。即使生个残废,生个畸形儿,她也必须生。她完全是不由自主地照腹中小葫芦瓜的心思行事,尽管那小葫芦瓜还无心啊肝啊什么的,却已在役使着她了。我从来都觉得孕妇丑,丑得让我心痛。她们捧着一座坟包走路,时时晕眩,丝丝喘息,稍一受惊便赶紧护住自己肚子。人变短了,四肢粗肿,两手总在划水般吃力地摆呀摆。我竭力不看她们,竭力按住自己心中那点对女性的美好感觉不要失散。一个母亲的出现便是一个少女死去,而我对女性的美感原本汲于青春少女。每当她们的光焰烫着我的眸子,我便在心中一抖一抖地把她们消化掉,那样快意和那样无愧。现在我的妻子也膨胀成孕妇了,头三月并无异样,后来——几乎是一夜间,她的肚子高高凸起。此后我简直是一天一惊,不会胀破么?我一下子失落了美丑界限,另有种温馨的爱恋在胸中涨大,我不让妻子遮掩畸形体态,我发现孕妇最大的变化根本不是她的身躯,而是她的眼睛。

那眼睛老是定定地痴柔地注视一样东西,眼睛后面还藏着一双眼睛,同时往外看!男人眼后是坚硬的头颅,女人眼后是另一双眼睛。它不到时候不张开,张开后我也永远吻不到。剖腹产还是自然分娩?妻子身材极好,可别损坏啦!但医生说她盆骨略窄,让她考虑剖腹产。说轻轻一划,痛苦小,接产快,以后你基本上还是个姑娘哪。妻子说不,我自己生,生不出来你们再把我切开。医生说那等于生两次,受两次罪呀。妻子说不,我自己生,生不出来你们再把我切开。切大一点!夜里妻子躺在床上揉自己的乳房。我说你没奶不要紧,我们可以给她喂牛奶,街上有好多种奶粉卖。妻子说不,我要让她吃我,我是母乳呀。我说你别动了,我替你揉。妻子放开双手,略微羞赧地偏开头。我走过去,边走边说,我会轻轻地……但我的手刚刚触到她的乳肤,她双手猛地护住双乳,说不了不了!你一揉,我就会想那个了,还是我自己揉。你把灯关掉,把窗帘拉死,你睡觉吧。从现在起,我们都不许想那个了,那个会惊到她的,人家和你说真的!我在妻子身边躺下,妻子身躯在黑暗中微微蠕动,那黑暗也在微微蠕动。蠕动波及到我,我感到从未有过的困意。妻子蓦然低叫:她动了……真的!她活了,哦,又动一下。我忙起身问,在哪儿?

妻子捉住我的手,按到她腹侧。过去结实的部位忽然变得十分绵软,隔着她腹肉,我摸到一股小波浪。我的手若即若离地搁在小波浪上。这竟是个人么?是头,是手,还是足?妻子随着小波浪轻叹:喔……喔……她全身发烫,抓住我手不放。悠悠的。小波浪消失了。我静等许久,妻子说她睡了。我说你也睡吧。她应声不动了。后来她又坐起来更起劲地揉自己的双乳。我说你非得老揉老揉吗?她说不,说书上讲早晚各揉一次,每次十分钟就行。我说你揉得我都受不了啦,你也会累死。她说不,说我要多揉一揉。揉得大大的,我要她吃我,偏不吃奶粉!唉,你说它们大些没有?我怎么看着老没大呀?

隔着妻子薄薄的腹肉有个小人儿。妻子揉乳时的蠕动一阵阵融化我。我忽觉得自己又是个婴儿了,忽又觉得不是,我顿时渴望再生,生为一个女人,或是一头母兽,或是一茎雌株。我要把她们身受过的一切点滴不漏地身受一遍。到人的另一半重新为人……妻子终于罢手。临睡前喃喃一语:到时候你别离开。

我肯定在你身旁,绝不离开!我不仅是为了保护你,不仅是为了让你抓住我。我早已按捺不住这个欲望:我要看看我怎样被母亲生出来!

小时候这个谜就纠缠过我,我是从哪儿来的呀?我这么大,母亲的嘴、鼻、耳朵都那么小,我不可能从那里出来。后来我懂了,再后来也就淡然了。妻子一怀孕,我那熄灭的欲望忽然涨大,我要通过我的女儿的诞生,亲眼看看三十年前我的被挤瘪的身躯怎样随着母血生出来。不管血淋淋的"我"会给我心上带来什么异变,我还是要看!我非知道我不可。我非得让我再被挤瘪一次,再啼哭一声,再紧紧地痛上一回。我总该盯住我,才会最终知道我是个什么东西。我非看见我裂变的一刻不可!

这欲望使我骄傲,使我发生临战前的战栗,使我冷透了硬透了浸透了全身。我怎样也遏制不住它,就像遏制不住爱。哦,不,就像遏制不住谜的诱惑。究竟爱的劲大还是谜的劲大?我说:当然是谜!但是护士下巴颏儿一翘,我便默默后退,连妻子的呼唤也没留住我。我像一千个丈夫那样乖乖地不情愿地退了出来,也许我退得更坚决些,我不知道这是为什么。我再次感到想盯住自己认清自己太艰难太痛苦了。唉,让那个谜埋上一千年吧,以便它能散发一千年以上的诱惑。也许,诱惑——比谜本身更重要;也许,诱惑——在勾引人的同时又在逼人后退。

姥姥来了,拎着一罐红糖龙眼汤,死沉死沉的。她换上一套干净衣裤,手拿把蒲扇,头脸全是汗,蒲扇却只上下拍打那套衣裤。我说您来干吗,随便叫谁来就行啦。她说:规矩!非俺来不可。我说您提个钢精锅不是轻快多了嘛?那罐儿比汤还重。她说:规矩!俺这是啥罐儿?你这个葫芦瓜……我搬张椅子请姥姥坐。她说俺才不坐呐。把罐儿拎到椅上,伸脸望产房:那个葫芦瓜呐?我说上产床了。她说:怪呀,怎么不叫?早时候俺可叫得凶,现时人可好,该叫的时候不叫,不该叫的时候叫得天歪倒。我说不叫可不妙。她说你放宽心,俺说顺产就顺产。又问:那是个啥?我说是担架车。她说那不滑么?我说不滑就推不动了。她听了得条大理似的连连点头,忽然用蒲扇遮住脸:哎,咱们只能悄悄说……每当姥姥做出神秘样儿预备说点什么时,那么她想说的事肯定传遍大院了。我靠近倾听,姥姥却又把扇子一挥:俺不说了,俺不说了。于是我明白不会是好事,姥姥怕冲撞了即将诞生的小葫芦瓜儿。

今天上午,邻居陈伯家来了两位军人。他们带来了陈伯儿子的遗留物品,一个背包,两顶军帽,几本书……没有信,没有日记本。他们说儿子没有阵亡,是负伤后失踪了。陈伯明白,儿子完了。他大发雷霆:你们怎么搞的?怎么能让战友活着被人抓去?

为什么不把他的信和笔记本给我送来?……他们说没有信,有两本笔记,以后会给你送来的,儿子也会回来。陈婶流泪道:没死就好,怎么的也能放他回来,是么?大家都是人呀。陈伯说你懂个屁,这比死还窝囊哩!于是陈婶就昏倒了。

儿子在休假中接到军校电报,通知他停止休假,尽速归队。陈伯就和陈婶商量,该告诉他啦。陈婶说:咱们不是早定下规矩了么,说定一辈子不告诉他。陈伯说不行啊,现在非让他知道不可喽。陈婶说:这辈子我啥事不是听你的?这件事就依我吧。要不你等我死后再告诉他,反正我肯定死在你前头!但只要我活一天,你就一天不许告诉他。陈伯说不行啊,老太婆,和你说不清楚,还是让我们男人和男人谈吧。于是陈伯把儿子叫来,说,听好了,儿子。你先告诉我,爸爸妈妈待你怎样?儿子笑了:这还用说嘛。陈伯说:听好了,儿子。你不是我们生的。你母亲年轻时,身体被还乡团弄残了,终生不育。新中国成立后,治呀治呀总治不好,可是我们不能没有孩子!我们就从医院里把你抱来了,我们至今不知你亲生父母的姓名,也不知道他们还在不在……儿子说:爸爸,告诉我这些干吗?陈伯说,不干吗,就是要让你知道。你大了,你的相貌和我和你妈不同。哦,比我们年轻时好看多啦,你难道真的一点不知道?儿子说:不知道。陈伯说:现在你知道了。儿子说:知道了!

儿子一天没有归家。陈婶做下满满一桌儿子爱吃的菜肴,一样样冷却了。夜里有人轻轻敲门,一个姑娘怯怯地走进来。告诉他们,儿子归队了。陈伯盯住她说:我早料到了。姑娘说:他说他爱你们。陈伯说:你叫什么名字?姑娘说:他不和我好了,告诉你们名字又有什么用!你们和他说过什么,说过什么呀?……陈婶拽过姑娘,瞪住坐在藤椅上的陈伯,说:你们爷俩,你们男人,好狠心啊!陈伯不做声。陈婶哭道:什么兆头呀,儿子还能回来么?你说他还回得来么?陈伯依然不做声。

忽然传来啼哭,隔着长长的走廊,仍是惊心震胆的响亮。我觉得那是非人类的声音,否则不会那么凶狂激烈。姥姥使劲拍蒲扇:俺说顺产就顺产!是的,姥姥不会错,她早把一生中的错事忘干净了,只把说对的事牢牢记着,再一遍遍对人说。我朝产房奔去,推开门。那位护士迅速回望我一眼,我觉得是一个笑容。那个比巴掌略大点的通红的小葫芦瓜,正在她掌中大号不止,又嫩又急的声浪从圆圆小口中扑涌而出。不知是急是气还是委屈的抗议。

哦……你啊,你用力哭,全身都动,小肚子一鼓一瘪,像一汪亮亮的水起伏着。你向右侧身,小肚子便苹果般地松软地挂在右边。你向左侧身,小苹果就滑着挂到左边。护士用棉纱拭去你身上的血,哦,生命是在血中形成的。你被血泊漂着送到人间。母亲的血,把你染成一朵通体嫣红的小花。现在你从血水中伸出头来,你吞进第一口空气,你长达十个月的梦醒了,你在十个月里走完人类几十万年的进化历程,所以你非大喊大叫不可。

果然是女儿。

护士迅速把她往秤盘上一放,又取下,捧进早已准备好的襁褓布中间打包。她们打得那么紧,我看了好心痛。但是女儿仿佛又回到母腹,哭声渐渐弱了。我向妻子望去,一见到她无力的双眼,就知道我一进来她就一直望着我。现在我也望她了,她却不好意思地闭上眼,脸如白纸。她在倾听女儿的啼声,她下身浸在血泊里。孕育一个小生命竟需要那么多血,漂起胖胖的小葫芦瓜,也漂起干涸的你。护士抱过襁褓让我看,说:五斤半,标准体重,大眼睛高鼻梁……我知道这是职业语言,却也把它真话来享受。我刚刚看女儿红熟的小脸和微微抽动的蚕豆般小嘴,护士一摆腰肢抱走了。我不禁跟她走。拐到另一间房门前,她回头朝我一翘下巴颏儿,我站住脚,里面是恒温无菌婴儿室。我隔着玻璃朝里看,护士把女儿放入一张带木栏的小床。那小床上并排躺着三个女儿,可爱得如同剥开豆荚出现的三颗一模一样的豆子。我朝房内望一遭后再回头望这张小床,竟找不出女儿了。这时我看见每个襁褓上都扎着个扑克牌大的卡片。我把妻子推进大病房,房内坐卧着十二位产妇。我们进来,她们同时停止动作,没有询问,没有惊叹,只用浪一样的目光和温郁的沉默迎接我们。直到我将妻子抱上床,让她舒适地躺平了,她们才松口气,才陆续动作起来。妻子闭住眼,一只手在布单下面微动,我知道这只手在召唤我,便把手伸到布单下面握住它。我说你为什么不叫?她说你走了,我叫给谁听?我说我没有走。她说她也知道我没有走,但是她早就决定不叫,许多丈夫受不了妻子的惨叫。我说叫是用劲呗,孩子生得快。她说小葫芦瓜一蹬一蹬的,猛一爬就滑出来了。我说你疼不疼?她说现在不疼了,就是心里空空的,孩子一下子出去了,叫人空得受不了,还是怀在肚里舒服啊……

一株老树足有三四抱粗,树冠大得像一座倒举的山。我抱住它,又抱不过来,如同婴儿非要抱又抱不住母亲的身躯。它的树皮已经老成甲胄了,却有一股温热和馨气,我方知树木不是凉的。我举首望去,树冠和夜空融为一体,我忽觉得它就是夜空。风来了,狂风!它纹丝不动。风去了,四周静谧,树身益发热,热到后来,它开始摇晃。此刻一缕风也无,它却越晃越厉害。在我头顶上,树枝和树叶相碰,发出金属般声响,我方知枝叶有那么硬——如刀剑相击如铁筝嘶鸣如牙齿咬着牙齿。老树大幅度摇晃,每一摇,根部一片巨大土壤就要翘起来。每一晃,夜空便低低压缩,再徐徐舒张。老树粗干上,挂着一座沉重的铜钟,它也随之摇晃,像巨大的钟摆,嗡嗡嗡嗡。我听见老树说,你已经在我身上吊了几千年,你还不肯下来么?沉默许久,我听见铜钟说,我已经在你身上吊了几千年,我想下也下不来了。老树说,我吊不动你了,你非下去不可。铜钟说,你的根扎得那么深,是因为我把你压下去的;你那么让人崇敬,是因为我替你发出震撼人间的声音。要是你摆脱了我,你我就全完结了。老树说,我不怕完结,我非要摆脱你。铜钟说,我不会相信,你摇晃了几千年,并没有把我摇下来。老树说,你说得对。但是我还有最后办法,我会劈断自己,你就掉下去了。铜钟说,不要这样,我在你身上吊了几千年,你一直平稳地站着,一旦我掉下去,你自身的重量就会使你失去平衡,你会往那头倾倒,把你从土里拔出来。老树和铜钟都沉默了。忽然咔地巨响,老树伸向东方的主干断了,铜钟扑然落地,滚动着碾压着,却无一丝声息。紧接着大地开始呻吟,老树倾斜了,土壤一块块跳起来,露出下面盘绕的粗白的树根,有的从土里吱吱抽出,有的嘣地断了。我大叫,你不能倒,我在你身上呢,你倒下来会压死我。老树说,孩子,你为什么不早说?你快从我身上下去呀。我说,你把我吸在身上了,我不知道你会吸住人,我下不去了。老树继续倾斜,距地面只有几尺,我将被它慢慢地沉重地压瘪。老树平稳地说,孩子,我没有办法站住了,你早该出声啊,早该出声啊……

妻子说:你睡得像个娃娃,从没见你睡得那么死。我爬起身,脚踩到一张小方凳。我是陪夜的,四角钱租了这张小凳,我本该坐在上面侍候妻子,谁知竟在妻子的硬板床上睡死去,她被我挤到床的三分之一处去了。我把她放平整,她舒适地叹口气,说你累了吧?我说一点不累。她说硬板床怪硌人吧?你睡起时关节咯哩叭叽响了好几下。我说长这么大没睡过这么好的觉,大概在母胎里才会有这么好的觉。妻子小声说:哎,我一直憋着呢,身子都麻木了。

我赶紧半扶半抱地送她去厕所。

几位护士陆续进屋,她们每人抱着两个婴儿,左臂弯一个,右臂弯一个。于是,处在当中的她们的脸庞便说不出的柔美。房内的母亲们躁动了,近处的几人迫切地伸出双手,护士偏偏没给她们,却给了后面的几位母亲。另有位母亲抢着去接护士左边的胖些的婴儿,护士一摆腰肢,将右边的给了她。谁是谁的,她们比她们清楚。妻子呆直地坐在床上,死死地看。婴儿落到谁手里,她就看谁。她嘴角微抽,紧张得要命。直到最后一个婴儿了,护士才把她抱在我俩中间。妻子发出急促的鼻息,上身一扑,仿佛用口去衔似的,把襁褓接过来,脸顿时通红。她抱着襁褓微微摇晃,那样得意地瞟我一眼。又把襁褓搁在身边软毯上,伏下身细瞧女儿那酣睡的小头小脸,嘴唇轻触她额角,细声说:喔,真好闻。我问是什么味道。她说不出来。我说打开来看看她好吧?她说好,我们只能轻轻地看。于是她剥洋葱般万分小心地剥开襁褓。女儿红红的身躯每露出一点,她便在一点儿上吻一下,口里喃喃说:喔,小可怜,喔,小可怜……我笑了。妻子说:你轻点笑嘛。喔,告诉你,她身上是甜的。我说:她真的是个女儿哩。妻子嗔道:坏!不准你看她了。妻子把襁褓包起来,可是她不敢包紧,女儿在襁褓里滑来滑去。忽然她动了,噗地伸出个乒乓球大的小拳,红扑扑光溜溜,让人瞧了真想用口衔住这颗小果子。她的细腕上套着个也是乒乓球般大的圆纸牌,上面写着:某某某之女以及编号。我说:写的是你之女,为什么不写我之女?妻子说:不,我生的我生的永远是我的!不信你看。我看见襁褓外面扎着扑克牌大的卡片,正面注明:某某某之女,体重身长出生年月日时。背面却使我心惊,上面印着妻子的大拇指印,拇指印旁边,是女儿的足印。两个印儿一般大,哦,不!女儿的足印略高些。妻子的指纹丝丝清晰,而女儿的足纹细腻极了,非贴近了看,才看出那纹印胆怯似的极密地挨着,一圈圈小进去。妻子说:两个印儿都是蘸着我的血印上去的,不是你的血！有了它,我俩不会搞错了,我俩分不开了,我要永远保存它,要是她……要是她将来不认我了,我就把这个拿给她看。我会说你瞧呀,妈妈生了你,可妈妈的血印还比你小点儿呢,你就不可怜妈妈吗?……妻子含泪将女儿小拳放进襁褓,我不做声,死盯住卡片。我从来没见过如此可爱的艺术品,雪白的纸,殷红的印儿,两个生命同时停留在一张小卡片上,各自打着圈儿,又并列挨在一块。女儿的足掌。状如一枚花生,顶端有五粒珍珠,那是她的脚趾。如果她能站,真可以绰绰有余地站在这张卡片上,而卡片又可以搁在我的手掌上。似乎少点什么?哦,少了我,没有我的印我的血。意识到缺憾,我便意识到另一样令人心痛的美。哦,我只能把我的心搁上去补它了,补在她们的手与足之间的小小缝隙里,尽管心的印儿无色无形……

妻子开怀哺乳,当她那对乳晕浓艳的丰润乳房露出来时,我慌忙用身体遮住它们,病房里有许多男人呀!而妻子竟坦然无觉。我缓慢而又警惕地朝身后望去。男人们,也就是丈夫们都在照料自己妻子,或为她们擦身浴脸,或为她们拭血换纸,或一小口一小口地喂汤,或把妻子偎进自己怀中看她哺乳婴儿。妻子们都那么安详,袒露着乳房、腰肢、大腿甚至女人的隐私处,听任丈夫侍弄。她们脸上漾动温和的光辉,躺在床上像躺在田野中的水泊那样宁静自若。丈夫们都垂下双眼,谁也不看谁。目光偶一滑向别处,也充满柔爱,没有一丝不安或羞涩。我忽然窥见男人铁样的头颅和铁样的心灵内里,居然也藏有丝毫不比女人差的柔情,原来这柔情同渴望争斗渴望强勇一样,同是我们男人最为古老的情愫。我浸在这里,浸在淡淡的乳香、淡淡的血气、淡淡的药水味和淡淡的女人身躯气息中,觉得清心怡神,觉得魂灵一洗。于是,我也没有了不安没有了羞意,甚至没有了悲也没有了喜,只感到无可言喻的平和。我汲入人类似乎久远的气息,恍如再造。哦,这拥挤的病房莫非也是古老洞穴的再造?我有说不出的爱。引动这一切的是什么?

一个小葫芦瓜。

妻子抱起她,将乳头送到她两片小唇间,胸脯一动一动的,焦急地低呼:你吃我呀,你吃呀……小葫芦瓜嗅嗅碰碰,却不肯衔。妻子将乳头硬塞进她口里,于是她小腮帮子立刻鼓满了。她开始一吮一吮,全身都在搏动,全身都在努力。妻子又惊又喜,哧哧笑:喔,痒死我了!喔,痒死我了!她憋着劲忍住不动。但女儿吮了几口,吐掉奶头哭了,哭得激烈而又伤心,居然哭出两滴小泪。妻子的乳头潮湿红润,却没有一滴乳汁淌出来。我说算了吧,你没有奶,现在好多母亲都没有奶。妻子说不,我有奶,我肯定有奶,我胀得难受,我都不敢挤了,一挤就疼,我要她吃我,我是母乳啊……妻子噙着泪使劲挤压膨大的乳房,因痛楚而变了脸色。她望着女儿,怎么办呀?我说:是呀,怎么办?妻子说:昨天那位大姐偷偷告诉我,她嫂子生孩子时也不出奶,是她哥哥吮出来的。喔,小可怜哭得好凶……我不做声。妻子越发悲伤了,小声说:我想,那位大姐说不定是讲自己呐,她开始也不出奶,后来不知怎么搞的,一下子有了。我终于说:你靠近点。妻子赧然道:就在这里?我点点头,看准那颗令人头眩的滚烫的熟透了的果实,一口衔住,闭住眼睛拼命吮吸。妻子紧紧抱住我脖颈,发烧的脸颊埋进我头发里,断续地呻吟着。过了一会,妻子忽将我一推:通了!几乎是同时,我也感到极细的热流冲入口舌。我放开妻子,淡黄色初乳从她乳头上连连滴落。她慌忙抱起襁褓,女儿的小唇刚碰到乳汁,立刻张口衔住乳头,起劲地吮起来。妻子轻轻地叹道:喔,好大劲。喔,好厉害。喔,好舒服啊。她两眼似睁非睁,如痴如醉,身子几乎坐不住了。

我迫使自己回头望,从纷纷避让开的眼睛里,我看出他们刚才是多么惊讶地望着我们,他们脸都红了。然而我静静地望着。我看见,妻子们和丈夫们,每一举动显得更加温柔了。我口中残留着一位母亲的乳汁,我竭力想辨清它的滋味。三十年前我吮吸过它,那时根本不识其味;三十年后我竟又吮吸到它了,知其味却感到无言可述。正如爱是无言可述的,一旦能够说出来,已经不是原样的爱了。我忽然意识到三十年来我并没有走多远,我仍和婴儿贴得那么近——近得辨不出谁是谁。我渴望再度成为不识其味的婴儿,重新开始伟大的人生!于是,我初次尝受到了苍老的滋味。

你这小可怜小精怪小葫芦瓜儿,你还睁不开眼,你还不是真正意义上的人啊,然而你一口叼住了人的心,叼得人心痛。

人,是人的未来。而我,只能是现在的我了。

今日换装。

上午8时起,人民解放军全体现役军人都必须换穿新式军装。国家兴,军威振,整座大院随之一亮,军人们如同再造,个个光彩夺目。走起路来,仿佛被万人盯住似的那样拘谨那样得劲。花坛附近,散落着十几个老军人,他们或坐一把旧藤椅,或坐在水泥台子上,或支住一柄竹杖,或搂着一个外孙,不时找两句话说,松松地晒着太阳。他们已被命令休息,不发新式军装,每人领到四百元制装费,且做一种补偿。他们不缺钱,他们极想要套新军装。他们打报告提意见,闹过哭过恳求过发怒过。没几年啦,让我们穿新式军装进火葬场。但是军委命令下达,不发。他们也就不做声了。于是这天一到,他们忽然找不到衣裳穿,当兵四五十年,许多人竟无一套便衣。旧式军装不准再穿,他们只好把领章剥下,把军上装浑浑然充做半套便衣,下身穿着儿子或老伴的便裤。或者倒过来,下身穿着旧式军裤,上身穿着儿子的或老伴的衣裳。也有人只着一套光溜溜的军用棉衣裤,外头却无罩衣。热了,便把怀敞着。其实,他们每人箱底,都有一套五十年代配发的精致的将校礼服,质地与样式,比今日新式军装还强,但没有一人穿它。他们只能牢牢地留着它了,待离开人世身赴炼火时再穿。身着新式军装的青年军人们益发显得青春勇武,他们却益发显得破旧衰老。他们不约而同地聚到这美丽的花坛旁,似乎在拣两句话说,似乎在松松地晒着太阳。没人敢惹他们,甚至没人敢走近来。陈伯不在这里,陈婶也没出现。所有的老人们都到我家看过小葫芦瓜,惟独邻居陈伯陈婶没有露面。

陈伯的儿子依然无消息。

女儿的两眼会盯住一样东西并随它转动了。脖颈也能支起脑袋。胎毛已经褪尽,身子变得又红又白又嫩又胖。她不喜欢在褟褓里包着,每回把她打开,她都像睡醒的猫那样深深弯腰展臂。她先朝后弯,把脑袋仰到几乎贴到屁股。完后再向前弯,跷起小短腿,直到两脚举到耳朵后面,咿咿呀呀地叫着,毫不羞耻地把一切都袒露出来。姥姥说她在胎里就是这种姿势,让她动去,她在用劲长哩。杂技演员们苦练数载才能完成的高难人体动作,在她竟是这样轻易自如。哦,人们后天的练呀练呀,不过是把人体潜藏的功能开掘出来罢了。她的小脚分不出脚弓脚背,一团肉肉,握着它就像握着一只去了壳的熟鸡蛋,柔滑极了。握住她的小手,却像握住一只小蛙,在我掌心软软地挠动着。她仿佛老吃不饱,常往妻子怀里拱。小脑袋东钻西钻,隔着衬衣,就一口衔住妻子乳头,响亮地吮咂,把妻子衬衣咂湿一大片。我把她抱开,这时便惊讶她竟有那么大劲,她的身子都被我横着拽直了,嘴还叼住乳头不放。她抓住什么东西都往嘴里送。小铜铃、橡皮球、充气狗、火柴盒、茶杯盖,一到她手,她就睁圆眼翻来覆去瞅它,然后小心地举到嘴边,又咬又撕,任何东西她都要尝过一遍才丢开。实在没什么可咬了,她就跷起腿咬自己的脚拇趾。哦,人最早是用嘴来接触世界认识世界。她老想用蚕豆般小嘴,吞咽她抓住的大大的世界。那两只小手,只是为了把世界往嘴里送。大凡生命,都是贪婪的,她浑然无觉,因此益发可爱。她喜欢水,不管哭得多凶,只消把她往水里一放,她立刻停止啼哭,两眼惊异地睁大了,小嘴也张得溜圆。她非抓住一样东西才觉得安全,要是抓不到什么东西,她就抓住自己松软的肚皮——死死抓住不放。每回洗澡,那一小块皮总被她抓得通红。后来我便伸给她一颗小拇指。她也感到这颗指头大小正合适,便抓紧,立刻不安分了,用力拍水踢水,吱吱呀呀笑叫不休。和哺乳一样,替女儿洗澡也是妻子的专利。她那涂了浴液的手在女儿身上久久抚摸,脖子、胳肢窝、大腿沟、脚趾缝……每一处都摸到,无休无止,老没尽头。这时她双唇闭成一只蚌,目光在女儿身上流淌。倏地,她唇间发出轻细的哧哧吸吮声。我说你傻傻的干什么呢?她说:我在亲她哩。浴罢,妻子用雪白的毛巾将女儿围身一裹,扭扭地坐上床,双手在毛巾外面不住地摩挲,汲取女儿身上的水汽。口中模拟女儿嗓音,言语不清地念叨:妈妈心,妈妈肝,妈是大葫芦瓜,生个小葫芦瓜……女儿从毛巾里钻出来,一头蓬松的柔发,一对睫毛极长的大眼,一丝不挂的红胖润滑的小身子。她扑蹬着腿要爬开,妻子扑去一把将她拽过来,不分地方的没命地吻。女儿痒得乱动乱笑,有时竟笑岔了气。这时我就拽住妻子的后领,毫不客气地把她提起来。妻子双唇又闭成一只蚌,满眼痴迷,半天不动。我说你又傻傻的干什么呢?她说:我得管住我的牙齿,我好想狠狠咬她一口,好想好想!

哦,爱是有牙齿的。

女儿脸痒了,把小脸压在妻子鼻子上磨蹭着,忽然衔住妻子一瓣嘴唇,极有滋味地吮咂起来。妻子想笑不敢笑,想动不敢动,双手抓住床单,脸上涌动幸福的红晕。我说她饿了,你快给她喂奶呀。妻子断续道:让她亲我,喔,好大劲……她嘴上好大劲啊!妻子慢慢吐出舌头,女儿竟一口叼住,更加起劲地吮咂。妻子缩不回舌头,急得直朝我招手。忽然她推开女儿,惊道:她咬了我一下,喔,小葫芦瓜长牙啦。我赶紧仰起女儿的脸。果然,红红的牙床上出现一颗米粒般小的牙。被爱者也有牙齿。

夜晚,女儿在我和妻子中间睡熟了。妻子用嘴唇碰碰她的脑门儿。我们对视着……忽然想那个了。我们已经把那个忘了许久,今晚都从对方眼中相互辨认相互呼唤出了那熟悉的火苗。情欲炙痛我的每个细胞,我把妻子发颤发烫的身躯搂过来……妻子低呼一声推开我。啊,女儿不知什么时候醒了,竟没哭,坐在她的小枕头上,惊恐地望着我们。妻子忙去搂她,胳膊刚刚绕住她,她就爆炸似的大哭起来,哭得那么伤心那么可怜,从来没有这样哭过。她紧紧搂住妻子颈子,哭一气回头看我,再把脸贴在妻子脸上哀哀地哭。然后再看我一眼,再哭……我只好把自己藏起来,不让她看到。她的两只小手在妻子头脸上乱摸,倏地抓住妻子两只耳朵,耳朵的大小和形状恰好供她做把手,于是她死死抓住它们,惊恐未定地乞求般地哭个不休,从来没哭这么久。妻子吓坏了,不断哀声说:喔,妈妈不了;喔,妈妈再也不了……女儿终于偎进妻子怀里,贴着妻子的心跳声睡去。她一只手吮在嘴里,另一只手仍抓着妻子耳朵。从此,女儿每晚非保持这种姿势才肯入睡,再也没改变。要是把她手拿下来,她立刻会醒来啼哭。我掀去毯子让自己冷却。妻子一只眼睛怨艾地望着我,另一只眼睛被女儿的小脑袋遮住了,我知道这只眼透过女儿也在怨艾地望着我。眼里有声音:再也不了!那是负罪的声音。我慢慢说:要是有一天,你落到敌人手里,敌人拿孩子来逼你说,你说不说?妻子惊道:我……只要他们别碰孩子。我笑了:你忘了?你是市委机关的优秀共产党员哩。妻子不做声,我沉沉睡去,睡了许久。醒来时,我发现妻子一只红胀的眼睛直视我,另一只眼仍被女儿小脑袋遮住,我知道这只眼也发红也在直视我。不等我问,妻子便低哑而清晰地说话了:我想好啦。他们不是要用狼狗咬她吗?不是要用红红的烙铁烫她吗?不是要用老虎钳子拧她吗?要害给我看,要逼我说!我被绑住了,我过不去,我也动不了,光剩下一张嘴还能动,是不是啊?……我大惊,我早将那信口一言忘记了,而妻子竟沿着我的信口一言想象下去了,想象得那样具体那样恐怖。我想制止她,但妻子不理睬,继续低哑而清晰地说:到那时,我就死!他们别以为把我绑住我就没法死了,我会咬碎自己的舌头疼死,血尽命亡!妻子抬起身——在发抖,两只眼睛全露出来,直视我:我死了,他们害她就没用了,没用了也就不会害她了吧？我忙说:不会了,肯定不会。于是,妻子两只眼都沉落下去,身子也随之往下缩,头埋进女儿怀里,从那里发出声音:我求你件事。我说什么事。她说:你记好,你永远永远别开这种玩笑了,你有时说话……好怕人。妻子双肩剧烈抽搐,但是没发出一丝哭声。我记住了,永远记住了妻子从女儿怀里发出的乞求。但是,在这个世界上,我那句话仅仅是个玩笑吗？爱的牙齿。

妻子睡去了,我却沿着这个念头想下去,不禁战栗起来。

这时,隔壁屋里传来悠悠长呼。那声音非歌非泣非怒非悲,强一阵弱一阵,又似痴语又似梦呓。那声音说不出的怪异,仿佛一株老树无风自摇,仿佛喉咙里还含着一条喉咙,仿佛远远山坳里有群母狼仰天长嗥,再从山隙中流出来……

陈婶犯病是由离婚引发的,而离婚则是由一件极小的事引发的。早餐时,陈伯的饭碗稍重地距离蹾了一下。陈婶竟像听到枪响,一惊,接着便发怒,把几十年来的陈伯的种种不是全提出来掼过去,从自己出嫁直诉到儿子出征,边哭边骂。陈伯和她吵,哪里吵得过她！怒极,抓起一本《红楼梦》摔去,吼道:好便是了,了便是好。咱们了！咱们了！不跟你过啦,分开分开。陈婶也道:好好好,今日我看透了你,离婚!马上离……众人都以为老两口怄气,劝劝便会和好。谁知他们一言既出,便死不更改。陈婶不再做饭,陈伯也不食烟火。陈婶搬到楼下儿子房内独住,陈伯就不再下楼。大院的老人们纷纷赶来,女的劝陈婶,男的劝陈伯,孙儿孙女则捧着食盒子站在一旁。姥姥急得满处找"规矩",几次险些跌倒。俺早说过,俺们早时候再苦再难也不分心,现时人可好,说离就离闹得天歪倒。姥姥总把各色好事说是"俺们早时候",又总把各色坏事说是"现时人"。絮絮叨叨中,我渐渐听出"俺们早时候"的意思了。陈婶被还乡团轮奸时,正怀着八个多月的身孕。胎儿流出,在血泊中动了几下,随即死去。陈婶发狂地扑进血泊,捧起白生生的胎儿往自己怀里塞……从此她就半疯了。听见枪声浑身抖,直瞪两眼咒骂还乡团,间或摸索着呼唤自己的娃儿。解放后,陈伯把她接进城。那时她24岁,模样已是老妇了,白发稀疏,面如黑土,路都走不动。她不肯坐车,只肯让陈伯背着她。陈伯便背着她进过好几家大医院,老没治好。有人劝他把她送回老家养起来,在城里另成个家吧。那时,多少好看的姑娘暗中眷恋着年轻的陈伯。他越对疯女人尽心,姑娘就越眷恋他。但是陈伯不从。他背着陈婶又去过几个大城市,足足治了七年,终究没治好。后来一位老大夫说:抱个孩子试试吧。陈伯便从产院抱回个弃婴,陈婶一见,竟扑上去咬,陈伯一拳打倒她,抱着婴儿绝望地流泪。谁知,陈婶在婴儿的啼声中醒来,眼中竟有了活气,爬去搂孩子……数月后,陈婶不但再不犯病,容颜也奇迹般地年轻了,真和出嫁时那样好看。姑娘们终于退散了。

一只碗稍微蹾了一下,患难夫妻竟要离婚。爱的牙齿,竟如此尖利?众人劝解无用,便给远方一位老者打电话告急。当年陈伯陈婶结婚,就是那位老者介绍并批准的。下午,一辆旧红旗轿车驶到楼前。有人上前开门,车内轰然溢出穿场锣鼓声,接着是一声亢亮的叫板,西皮流水悠悠而出。老者提着录音机迈下车,不看两旁人,头颅随着唱腔摇晃,两脚踩着琴音行步。进了陈伯家门,当堂坐下,待最后一记脆锣声止,方才睁眼道:看看,我就知道你们啥也没装备。这机子是我儿子送我的,我带来送你们啦!众人不做声。老者偏首一想,豁然了,昂脸高声说:又是离婚。好,我批准!只有一个条件,你们稍等一等,等儿子回来后再离……陈伯陈婶默然了。待老者离去后,他们不再提"离婚"二字,但是彼此也不再说话。

天没亮,有人拼命敲我们院门,我和岳父开门一看,陈伯满脸流泪站在门灯下面,跺足道:完啦完啦,她又犯病了。说的那些话,和三十年前一模一样……陈婶直直地坐在儿子床上,模样比姥姥还苍老,头发稀乱,怀里搂一个枕头,右手握刀似的握着一只草编拖鞋,死盯住黑黝黝的窗子,咬牙切齿地诅咒还乡团,间或用脸颊抚着枕头哭唤娃儿。声音已不是我所熟悉的陈婶的声音了,要硬厉些,冰冷些。哭唤娃儿时,声音陡然下落,几乎一字不清。陈伯呆坐着,眼睛像要把地面望穿。地上还有一只草编拖鞋。我上前把陈婶轻轻放倒,感到她全身颤抖,但我手一碰,她就倒下去了。我对妻子说:把孩子抱来吧。妻子流着泪去了。稍过会,她抱着女儿战战兢兢挨到床边。女儿刚刚睡醒,吱吱呀呀笑叫不休,她想要床下那只拖鞋。妻子紧紧抱住她,时刻准备逃开,我却盼望着奇迹再现。陈婶眼半睁,幽幽地望女儿,一动不动,面孔毫无表情,干瘪的双唇闭成一只蚌。忽然我听到她唇间发出轻细的咪咪吸吮声,啊! 和妻子曾经发出的声音一模一样。但声音停止后,陈婶再无其他反应,妻子把女儿抱走,陈婶两眼还幽幽地望着老地方……于是,每夜都透墙传来陈婶的犯病声,但不再那么硬厉那么冰冷了,好像人掉尽牙齿后发出的悠悠长呼,那声音非歌非泣非悲非怒,强一阵弱一阵,又似痴语又似梦呓。那声音说不出的怪异,仿佛一株老树无风自摇,仿佛喉咙里还含着一条喉咙,仿佛远远山凹里有群母狼仰天长嗥,再从山隙中流出来……

女儿竟恋上这声音了。每当它透墙传来,她就停止啼哭,静静听着,然后甜甜地睡去。半夜醒来,四周静寂,女儿又大声啼哭。于是隔壁又会传来悠悠长呼。女儿听着听着,再次甜甜地睡去。妻子怕极了,她一遍遍问我:她们在干吗呀?她们在干吗呀?

女儿两脚踩在我右掌上,一手拽住我衣领,一手试图拉住我鼻子,竭力想站起身。她的小胸脯水似的晃个不住,两眼大睁,长睫毛翘得厉害,像要飞开。我以为她会叫,但她不,她一声不出,使劲挺动身子,终于站起来了。她的小脑袋搁在我的大脑袋上,风来了,她手一滑,肉滚滚的屁股跌落到我左掌中。我以为她会哭,但她不,她开心地笑了,吱吱哇哇叫一气,重新拽住我衣领和鼻子,再站……现在她不愿意待在屋里了,老用短胳膊指窗外,于是我便抱她出去看鸡看鸟看树看花。她对任何东西都表现出强烈的惊异,两眼睁得溜圆,乌亮极了。我抱她多久,她就能看多久。她最喜欢看动的东西,比如大公鸡和小黄狗,然而它们真的到身边,她又往我怀里缩。我最喜欢看她的眸子,眸子里印着小鸡小狗小树小花,跟浸在水里似的。我的鼻息在她的柔发上扑出两个气旋,我浑浑地融浸在女儿身上独有的奶香味中,我可以闭住眼凭着这气味认出她。由于她老在看,我也不由自主地顺着她看,我被她更新了。那无数不起眼的东西忽然换了面目,拉我过去,让我大惊。女儿采下一片绒叶儿,欣喜地残酷地把它撕开——她残酷地毁坏一样东西时,仍是那样可爱。我以为叶儿碎了,但它没有,它的每块碎片都用极细的乳丝牵住其他碎片,女儿手一放开,它们又渐渐靠拢、嵌合。我几乎可以听见碎片发出的无声嘶喊。我从每片叶儿的正反两面,都读到了和经典专著一样多的生命意念。它们那锯齿般叶缘儿已经不割手,但仍然抗拒我抚摸它。它的叶脉是一派巨大河系,我以为它到头了,细看却没到头,再细看竟没有头。我以为叶脉是浅紫色的,对着太阳一看竟是嫩红色,再细看竟跟血管一样微微凸动,哦,女儿迫使我重新成长。抱着她,驯顺于她的目光,跟她一起默默地久久地看,是享受是灵悟是入魔是归化是露出贪婪的牙齿,是把失落掉的我从草棵间一点点找回来。

但她看见妻子下班归来,便在我腹部用劲一蹬,远远地就要扑去。她立刻不要我了。她偎在妻子怀里吱吱呀呀说些谁也不懂的话。妻子连连吻她,同时也模拟她的嗓声吱吱呀呀说些谁也不懂的话。我推着妻子的自行车跟在后头,忽然有空荡荡的感觉。妻子经过陈伯家门,放轻脚步,怯声说:我们幸福得太过了吧? 喔,太过了……

远处咚的一声巨响,是铜钟。女儿惊得抱住妻子脖颈,她从来没听过这声音。我飞快地朝那里奔去。

一株老树无风自摇!

它是一株玉兰花树,高六丈余,树身有四五抱粗,树冠大得像一座倒举的山。在离地一丈多高的地方,树干分成两岔,主干继续往上,侧枝却吃力地扑出去,上面吊着一座古老的铜钟。因为铜钟太重了,老树往侧枝输送养分,使得侧枝比主干还粗些。铜钟旁环立八位已被命令休息的老军人,没有军装,他们统统穿上了五十年代配发的将校礼服,只是不再佩戴领花帽徽勋标功章。他们的儿子或孙子,在前线牺牲了,部队里已开过追悼会。今天,大院再为他们开追悼会,让人们怀念大院的杰出后代。没有贴出白色讣告,谁愿意参加都可以参加。于是从大院各个角落,从数百幢大小建筑物里,陆续走来了军官士兵老人少妇孩子保姆……犹如无声的江河,朝这里汇聚。一位年轻军人把罩在铜钟外的铁丝取掉,请最高龄的老军人先撞第一下。这位老人失去的是孙子,他谦让着,让失去儿子的人先撞第一下。于是他们排好秩序,50多岁的人在前面,依次是60多岁的,70多岁的,80多岁的,最后是那位老人。于是,第一位步上台阶的较为年轻的老军人,朝其他老军人们深深鞠一躬,朝聚在四周的人们深深鞠一躬,朝古老的铜钟深深鞠了一躬。这里在乾隆年间便被辟为军营,而今三百余年,铁打的营盘流水的兵,旧人旧物灰飞烟灭,当年的遗物,惟剩这株老树的铜钟了,可军营仍然是军营。昔时,每逢出征、祭奠、庆功、开斩……营中都要撞响这座铜钟,让它发出声裂大地的大悲大痛大警大勇。1966年,身居高位的陈伯下令封钟,使它免于被毁。至今,铜钟已沉默了近二十年,不曾发过一丝震颤。现在,当那位比较年轻的老军人向四周老军人鞠躬时,人们沉默着;当他向远处人群鞠躬时,人们仍然沉默;当他向铜钟鞠躬时,所有军人们同时垂下沉重的头颅。人群一片叹息。

他抓住吊在树上的撞木,用胸脯抵着,奋力一推。

咚……

老树无风自摇。树冠顷刻间涨大了。此时正值玉兰花盛开,剧烈震颤中,老树发出吱吱嚓嚓声响。我仰面望去,啊!无数雪白的花瓣哗哗落下。但它们是怎样地落呀?每片花瓣都在它身下的叶儿上躺片刻,再恋恋不舍地滑到另一片叶儿上,再滑到下一片叶儿上……它们多么不愿意落。每片花瓣都恨不能和全部叶儿亲近一下,耽留一下,亲吻一下;都恨不能拽紧了叶儿使自己不落,或者拽下叶儿和自己一块落。哗哗哗哗,它们终于落下了。落到老军人们的头上脸上肩胛上脚背上,最后才滑落到地面上。即使在地面,那白玉般小小花瓣的两端还往上翘着举着,像女儿睫毛,像女儿白白的臂膀,它们还在搂——却搂不到耸立高空的老树。只剩年轻的骄傲的含苞未绽的玉兰花,箭镞般挺立在枝头,任凭老花瓣们雪似的落下,它们越发挺直胖胖的身躯,仿佛更高些了。

咚……剧烈震颤中,异香浓烈,令人头眩。钟声在摇晃世界,更多的人涌来了。在远处,我觉得钟声极响,几乎撞破耳膜。走近它却不那么响了。我只觉得空气在跳,老树在摇,四周物象不定,我全身与钟声共振,无休无止的浑厚沉重的嗡嗡嗡嗡。哦,要听清古钟巨吼,你必须站远些;要听清古钟的叹息,你只有站到它近旁。老军人们依次撞完钟,带着栖在身上的花瓣依次进入会场,没有一人掸落它们。追悼会开始,人群分三路入场,容不下的,就站在外面广场上,面北而立。我忽然看见远处有个孤独的身影,慢慢接近。是陈伯!啊,竟然没有人请他?陈伯走到古钟旁,合目站住不动,拄着一柄龙头拐杖。会场里跑出年轻军人,不安地请陈伯进去。陈伯睁开眼,用力道:不必,我就在这里。他坚辞不进。我不由得顺着他的目光再度凝视铜钟,它经过八次撞击,透出一派过去没有过的清光。钟身下部,夔龙兽面纹似伏似游。钟身上部,数排斑驳不清的铭文。我只辨出一行字……重九百九十九斤半。哦,它不满千斤,它偏偏不肯满千斤!不满,千万不能满呵。月满则亏,水满则溢,事满则损,寿满则亡。它朝极盛处奔去,却在刚要碰到极盛时凝定不动了。

不满——这重达九百九十九斤半的古训,大约也是从血泊中飘送来的吧。

铜钟被铁索箍着,吊在老树的比主干还粗的侧枝上。昔时,铁索肯定是箍紧了侧枝。后来,侧枝越长越粗,竟从铁索两边凸出来,再膨胀再嵌合,于是侧枝上形成了巨瘤,那铁索竟深深嵌入树肉中去,不露一点痕迹。哦,它早就解不下来了。老树若想摆脱它,惟有劈断自己……陈伯拄杖合目,一动不动,面庞离铜钟只有几公分,似乎在嗅古铜的气息,似乎随时想用头颅去碰它一下。

陈婶死于心脏痉挛。死前正在呼唤娃儿,忽然一抖就发不出声了。医生说她最后时刻心脏缩得很小,差不多只有婴儿心脏那么点儿。陈婶的遗体从儿子房中抬出来,儿子依然无消息。陈婶终生没尝过一次生子的幸福——那每位女人都该有的战栗的幸福,却把丧子的痛楚身受过两次。我们都来送行,妻子淌着泪抱紧女儿,女儿却挣扎着想从她怀里滑下去。她看见了一辆白色汽车,她要它。妻子只得把女儿放到地上,伸给她一根手指头,让她握着站稳。陈伯极力要去送,医生把他按在躺椅上,不许他动。旁人也劝道,我们安排好了再请您。白色汽车的后门掀开,陈婶的遗体被抬进去。白色汽车缓缓驶走,众人的泣声骤然乱抖。陈伯死了般地倒在躺椅上。

　　谁也没注意,女儿悄悄松开了妻子手指,向远去的汽车歪歪地走了几步,伸手指它,又扭头看众人,再平晃着两臂蹒跚地朝前走……最后发现的是妻子,她惊叫:葫芦瓜会走啦!后半句她又放轻,怕惊动了女儿,她含泪笑啊笑啊,竟忘了这是什么场合。她还直直地伸着那只女儿已经用不着了的手指头。女儿意识到众人在注意自己,走得更起劲了。谁若靠近扶她,她就吱吱哇哇乱叫,让人家走开。她欲跌不跌欲倒不倒地兜着圈儿,竟走进陈婶儿子的房间去了。她从床前抓起一只草编拖鞋,翻来覆去看,又提着它走出来,炫耀地举高让众人看。谁若朝她伸手,她就赶紧把拖鞋按在自己小胸前。陈伯坐起身,眼盯住拖鞋。女儿转到他面前,和他对视一会,不知怎地竟把拖鞋递过去了。陈伯手颤颤地接过拖鞋,怔片刻,忽用它在自己头上脸上身上乱打。众人忙按住他,夺过拖鞋扔开。陈伯盯着陈婶远去的地方,喘着,流泪道:我该的,我该的。她知道,她知道……女儿见众人又不注意自己了,便再次拾起草编拖鞋,吱吱哇哇乱叫,然后牵着众人目光走。她走到草坪上,朝草茎踩一脚,又瞪眼看着草叶儿站起来。她用拖鞋打它们,却打不着。她仰脸看太阳,自己却差点摔倒,她急忙晃动胸脯和拖鞋,稳住身体。她高高低低地提着那只拖鞋,不知疲倦地走走走……

众人呆呆看她。

女儿终于站住,望定妻子。忽然,她第一次清晰地发出了真正人的声音:

妈——妈——

妻子身子裂开似的应了一声,张开两手踉跄地跑去,近了,她不禁跪在草坪上,跪在女儿面前,紧紧抱住她。哦,还有那只拖鞋。

于是,我再次尝到苍老的滋味了。

1988年春节于南京三牌楼

绝望中诞生

1

调令已由集团军正式下达。

明晨4时,本人将离开炮团,赴大军区某部任参谋。这次调动很惹人羡慕。本人的级别虽没有变动,但职务地位大大上升了。今后,本人就是上面的人了。今后如果来此公干,炮团的头头们会拥上来和我握手,口里有节奏地"哎呀呀"欣喜。我将称他们"老领导"。这称呼很妙,一听就知道只有自己也是个领导才会这么叫。团长的嗓音比往常更亲切:"明晨用我的车送你。"那是团里惟一的新型作战指挥车,那车才真叫个车。本人的组织关系行政关系供给关系三大材料已装入档案袋,由干部股长亲自交给本人。从这一刻起,本人就不是炮团的人了。在三大关系送交军区之前,本人又不是那里的人。假如这数天里本人猝然身亡,追悼会与抚恤金由何方承担将是个棘手的问题。

两个公务员奉命来捆绑行李。我的行李之微薄使他们大吃一惊,我给了他们一人一盒烟和清理出的物品:脸盆皮包藤椅镜子闹钟……全是别人舍不得抛弃的东西。我年轻,未婚,因而舍得抛弃,每抛弃一样东西都体会到自己的旺盛活力。地上搁着的旅行包不足三十斤,是我服役十一年的积累。我除了奋飞已无退路。

此刻是个阴晦的下午,适合于孤坐与沉思。我将居住多年的单身宿舍缓缓察看一遍,毫无目的地察看。白墙早已黄中透黑,天花板渗出的紫色水渍因我过于熟悉而令人烦闷,六角形地砖光滑如镜,边缘被岁月融浸得模糊不清,屋中弥漫着我的气味,我要离去了才强烈地嗅出它确实是我的气味。我,不会遗下什么了,该丢弃的已经丢弃。但我尖锐地感到某种遗失,被遗失的似乎是这样一种东西:它就在身边,凝神追想时总想不起来,悠然无思时却会从记忆中掉出来。我停止寻找,倒在床上,微合目,懒散地……是它!

我面前有一堵墙壁,朝南,墙正中是窗户。在窗框与墙壁的接合处有一道很窄的、近二尺高的缝隙。隐约可见的是,那缝隙被一个细细的、笔状的纸卷儿塞死了。两年前,我搬进屋来时就注意过它,当时想把它剔出来,重新修补窗框,只因为它塞得很结实而作罢。当然,在这两年里我目光无数次掠过它,它甚至给我带来些奇思异想:某些秘闻?绝命书?一束请柬?……最后我总告诉自己,那是堵塞缝隙的废纸卷,如同所有住公房的单身汉的生活一样,随意对付。

现在我即将离去,我此去永不复返,这就使这件事情有了最终的意义。我从房内找出一根适于挑剔的钢锯片,朝它走去,由于再度充溢幻想而手足惶乱。我从窗玻璃上看到自己的面影,两颗瞳仁闪亮,我立刻拉上窗帘,于是制造出一派神秘气息,我也确实感到神秘。仿佛去启动某种神灵密语。身心似被洞穿。

这片刻内的经历我再也回忆不起来了。

后来我能回忆出的是:长长的纸卷已经躺在窗前写字台上,四周是一摊从缝隙里洒落的犹如弹壳内发射药那样细碎均匀的赭色颗粒,略有苦涩温热的气味。纸卷异常沉重、坚硬,默默放射因为年深日久而形成的金属般青辉。我又累又诧异,它竟然如此完整!我原以为把堵塞得那么紧密的东西剔出来会支离破碎。我究竟是怎么剔出的?那过程已是我记忆中的空白。

这时,我发现了第一个怪异:

长长的纸卷在桌面上的方位与指南针一样,上北下南。哦,偶然吗?可怕的偶然。

我从细小的缝隙里望出去,像从瞄准具中望出去,发现了第二个怪异:莲花山锥状主峰出现在视野里。如果出现任何其他山峰,我都不会惊奇,但莲花峰是这一带方圆三百公里内的最高峰,也是这一带地表构造的中心。我甚至可以借助峰顶上的一抹阳光,猜见顶尖上那三角状的国家一级觇标。它是这一带大地测绘时的最重要的控制点,其坐标数据经几十年来多次测标,已精确到毫厘。方圆三百公里内所有地物地貌的测标与标绘,都以它为基准或参照。此刻它夹在缝隙里,我只要稍微移动头颅,它就消失。我的面孔感觉到莲花山原野吹来的清凉的风,它们从缝隙中流入,仿佛是莲花山的绒毛。我感到山是活物并且是伟大的活物,特别是在它被夹在缝隙里的时候。

第三个怪异便是面前的纸卷,它因夹塞日久几乎熔铸成一根硬棒,还带有微弱的磁性。我极其小心地拨开它,不时呵上一口热气,使它不至于脆裂。它的外壳纸页已接近钙化,稍一碰就碎成粉末。但是越往里越完好,我逐渐触到它的柔韧、平滑和蕴藏的弹力,甚至嗅到被禁锢久远的气味。我不禁赞叹纸质的优良。据我的经验,只有少数特制军用地图才使用如此优质的纸。

啊!它正是半幅军用地图。总参测绘局1961年绘制。五色。下边标注:

比例:1∶50000

地貌性质:丘陵/城镇

区域:莲化县/石中县

高程:1956黄海高程系

磁偏夹角:2—80

它正是我部所驻的区域性地图,地图的使用者无疑是内部人员,可能就是我的前任。我很快在地图的右侧找到团部位置:陈厝村庄西南面。所有的地图包括军用地图概不绘制军事设施,因为它们是保密单位。只由使用者在需要时自己标绘上去。陈厝村庄

西南远方,大约在团部宿舍区位置处,被人用红笔标志ι。边上,在莲花山巨大的山峰坡面上,用红笔写着:

东经 115°24′37″

北纬 30°17′97″

高程(黄海平均海平面)五十三点二七米

这是我在地球上的位置。

一切发现与猜想均在此开始。

几行字色迹已经暗淡,从笔触中仍能见到那人当时的激动。最能表露此人身份的是阿拉伯数字,那种书写方法是我们专业人员独有的,简捷迅速均匀。然而最使我惊愕的还是此人的异常心态。你看,这几行字铺满绵延数十公里的莲花山麓,每字占地近一平方公里。末尾数笔,直插大海,锋利遒劲,沿途截断九龙江,横扫五个万人以上的村镇,还有十几道山脊和无数地物。

我搬开椅子趴在地上,吹去灰尘仔细寻找。我一寸一寸地搜索抚摸,膝盖和肋部被坚硬的地面硌得生疼,汗水刺酸我的眼睛。我有个预感,职业性预感:地图上的符号,极可能在这间屋内找到。

果然,床底中央一块六角形地砖上,隐约可见用锐器锲刻的基准点标志◉。圆圈中心点被打进一枚铜质铆钉。这就是此人在宇宙中的位置了,其精确度必经他用仪器反复测算已达最高极限,可与远处莲花山觇标——国家一级控制点并立!

我既觉可笑又颇为敬服。一个人,很可能还和我一样的基层军官,把自己的立足点搞得如此精密又有什么价值呢?何况是固定在这样一间低劣的单身宿舍里……但是,我内心深处的职业热情被挑起了。甚至意识到某种挑战意味。

须知,此人获得如此精密的测地成果,首先需具备高精度经纬仪和精湛的专业经验,需要在周围三十公里方圆内掌握三个国家级觇标及控制点的精确数值,这些全属绝密!觇标与觇标之间的方位夹角不小于60度,这样才能保证测量精度。经纬仪分别测出三个觇标的准确方位角,就可在圆版上交绘出自己的立足点,或者用三角函数表计算出。

道理简单,但是操作起来非常不易,最低限度也需要几个先决条件:

一、最佳视野里有三具最佳的可视觇标。

二、每觇标之间夹角不小于60度。

三、已知每觇标的绝对坐标值及高程数。

这些资料不提供给师属地面炮兵部队,属总部专控,我们通常只知其相对坐标值。当然,在一个执著而智慧的专业人才那里,他可以重新测算并予以破译,这又需要他的超常素质了。

四、占有精密器材,具备熟练的观测技术,不畏艰难地进行近乎天文数字的连续运算。这种观测与运算需反复进行多次。

现在连我也觉得不可能了。

首先他不具备第一条件。就算他瞒过众人耳目斗胆把测绘器材搬进屋里来,可在这间火柴盒般的十二平方米屋内根本望不出去,南面是窗户,窗外有两株满抱粗的针叶松,树龄五十年以上,树身遮住大半扇窗。北面是门,门外是芒山,视野受限。东西两面则是实而完整的墙。

我突然记起,他已通过窗框与墙壁之间的缝隙,获取了第一个觇视点——莲花山觇标。这么说,那缝隙不是自然形成的,而是他有意剔琢而成。

我急忙抓过那半张地图,凭着自己的经验判断第二觇视点的可能位置。地图显示:莲花山在正南,那么第二觇视点只能在偏东或偏西方向,夹角才不小于60度。是的,西面约十三公里处,是海拔二千四百米的秀岭,主峰上也有觇标。我掀去床板,站到地砖上位置,目光循秀岭方向望去,厚厚的墙壁遮住视线。我判断这堵墙壁必有奥秘,墙壁某处必与外界相通,他的视线必须通过这堵墙才成!

有生以来,墙壁头一次向我显示出城堡般厚重气概,它外层是污浊的尘粉,内部是花岗岩料石,高三点二米,宽四米,毫无被洞穿过的痕迹,却有不露声色的压抑。

墙上惟一的镶嵌物是一个简单的木质衣架。准确说是一条长六十公分宽十二公分的厚木板,木板右中左钉着三个瓷质衣帽钩。这种衣架在任何单身宿舍里都可以看到。我抓住木板两端,用力摇晃后拽,它吱吱叫着从墙中脱身,粉土与砂粒掉了一地。墙壁上出现三个木榫造成的黑孔,很深。中间的孔透出一丝光,我朝这个孔吹口气,光线增大了,现出比子弹头略大些的觇视孔。我趴到孔前朝外望,只看到荒野一角,不见秀岭。我很快明白了原因,退回标志上,保持全身重心稳定,想象自己的头颅是一具经纬仪,右眼是镜头。先向左转,从窗框缝隙中看见莲花山,再向右转,对准墙上小孔。只有这样两个觇视点才能在我这里交会。成功了!我看见像星星那样闪耀的秀岭峰尖,一闪就滑过。

我极度疲劳,胸膛变成大鼓咚咚乱跳。

他是个了不起的家伙。打开一道隙就准确地取视到莲花山觇标,打开一个孔就捕捉到秀岭觇标。须知开一个孔比开一道缝困难十倍。从缝中观察外界,只限制方位角,不限制高低角,而在孔中观测,方位与高低同时受限。刚才我的右眼位置(也即经纬仪镜头)若是偏移任何一分(左或右,上或下),就永远看不到秀岭觇标,除非推倒面前的墙。

明白我的感慨么?

此人对外物的方位有着超人的敏觉,他只消坐在这里,透过墙壁凝视(根本看不到)远方秀岭,然后走过去用铅笔在墙上画个小圈,再打穿这小圈,不需对墙造成更多损坏(才不至于惊动旁人),秀岭峰尖就从孔中呈现。哦,他对四周地形地貌地物多么熟悉!对相互之间的距离方位高低诸关系的判断多么准确!他的思维迈着灵活的双腿从这个山尖跃到那个山尖,省略掉两点之间的漫长过程,而我们总习惯于在幽深的谷中探索。

第三觇视点在哪里?

毫无疑问,它应当在东方或东北方。可我在地图上再也找不到能和莲花山、秀岭媲美的觇标了。请看:东面是大海,近海没有可设觇标的突出礁位,北面是田野,直奔海边,高差不足五米,没有显赫地物。特别不可能的是,这间屋子的东面是一连串单身宿舍,他即使洞穿墙壁所窥见的也只是他人内室,这很卑下。更何谈连续洞穿十几堵墙视取野外呢?北面毗邻荒山,密不透风,最令测绘者们乏味,连设置四级觇标的价值都没有。结论:在这间屋内不可能获取第三觇视点。

可是,我已经不相信客观条件而相信他的天赋了。从他获取两个觇视点的情况看,他具有一般人罕见的狂热欲望和极其冷静的智慧。越是绝望的事,越使他兴奋不已。他会像求生者那样执著地酝酿狠狠一击,会像饿兽撕扯肉骨那样撕扯疑难。是的,他有双倍的野性和双倍的智慧。他绝不能容忍失败,特别是已经成功了三分之二。⊙点坐标的精确值又证明他最终完全成功了。

我在屋内苦思许久,每寸地面、墙壁、天花板都再度搜索过了,仍然没发现暗藏的第三觇视点方位。我知道他不能没有第三觇视点即检验点,否则坐标值不被世人承认也无权上图,这是铁律!但我就是找不到它,这使我异常沮丧,随之产生对他的恼恨。他和我都住过这间屋子,职务大致与我相同,占有与我一样多的空间与待遇,床铺与桌椅。他却默默地显示出远比我优越的天资心智性格,他在我将要离去时刺激了我,我坠入他设置的迷阵中冲撞了一个下午,已经接近答案了又陷入绝境。

我找不到最后一颗神秘种子。它肯定在屋内。他播下的。

我用他的方法搜索出两个觇视点,为什么用同样方法会在第三觇视点面前碰壁?

假如我不动那窗框,一切会平静如旧,我该走了,为什么在最后一刻自取其辱?尽管这羞辱无人看见。

我想他后来肯定是死了。这样杰出的人通常不会活太久,我希望。

2

但是他的魂灵仍在屋内游动,天黑时我强烈地感到这一点。他给我留下了遗物,半幅军用地图。我忍不住反复端详。地图在自然气息中仿佛苏醒过来,变得鲜艳而柔软,各种符号和图纹愈发清晰。我看出这图在被撕坏前是一张崭新的地图,表面没有作业痕迹。倘若它不损坏,起码还可以使用三年左右。很难想象,撕坏此图的人会是他本人。我默诵着他的话:"一切发现与猜想均在此开始。"

他究竟发现了什么和猜想什么呢?

什么使他激动到狂放的程度呢?

我决定去找股长,他在团里工作二十多年了,曾经住过这间屋子,他肯定了解某些情况。当然,这不会是他的手笔。你就从他服役二十多年还是个正营职来看,就不具备那人的才智。

股长见到我递去的地图,脸色急剧变化,继而粗重地叹息着:"从哪里找到的?"

"窗框缝隙里。你曾经在那屋里住过。"

"为什么我没找到呢。"股长有些惭愧。

"你知道他是谁吗?"

"当然知道,那间屋子藏龙卧虎啊。他是我的老战友,名叫孟中天。这次你调到大军区,很可能见到他。"

股长欲言又止,看得出内心复杂。孟中天与他前缘不浅。

"如果我可以知道的话……"我试探着。

股长思索片刻:"当然可以,前车之鉴嘛。何况你也要调到军区去了,应该有思想准备。孟中天才气超群,我是望尘莫及。但我早就预料到了,他会身败名裂的。哼!他果然身败名裂了……"

3

股长告诉我:

十多年前,孟中天年方 22 岁,就任团司令部作训参谋,上尉军衔,在同龄人中已是鹤立鸡群。他业务娴熟,精力过人,深为团长器重。

但他有个毛病,好孤独,和周围所有人都无深交。所以他越是出色,便越是寂寞。孟中天痴爱地图,尤其是军用地图。他收藏了我军所配备的各种型号各种用途的地图。从一比五千的精密图开始,比例逐次增大:一比二万五,一比五万,一比十万……直到一比三百万的战略用图。比例再大的地图他就不喜欢了,嫌它把"大地抹净了",是一张"死图"。他的宿舍四壁贴满了地图,从地面直到天花板,他躺在床上也可以欣赏变幻莫测的地貌。他通过这种方法把自己的空间扩大了无数倍,俨如一方君王在自己领地内纵横驰骋,从中获取某种神秘的体验。地图一律按照拼接法衔接:上压下,左压右。一比五万的军用地图和一张日报差不多大。实地面积相当于一个数百平方公里的县。他拼接得细致至极,一个县挨着一个县。接合处绝无半点错移。这可以从地图上的网状坐标线上检验。你站在墙角贴住墙壁眯眼一瞄,任意选择的一条横坐标线直插另一墙角——长达上千公里,中间没有断裂起伏。再用条丝线拴个铅锤,待它垂直不动时贴到地图上,纵坐标线和丝线完全吻合。军用地图拼接法是世界共同的,在拼接好的地图上用扁铅笔作业,可以顺畅地从上画到下,从左画到右。中国地形竟那么奇妙:恰好是北(上)比南(下)高,西(左)比东(右)高。蓝色河流从这张图流到那张图,正是从左边流到右边,或是从上面往下面,协调得不可思议,仿佛地图拼接法就是为中国地形设立的。二十平方米的房间,骤然变得万千起伏。他时常久久地观赏,思索,竭力读透山脉的每一处细节,让思维顺着河道从这个县踱到那个县,从平原追到海边。沿途所经过的裂谷、峰峦、浅滩、居民地……都曾经使他赞叹不已:一条0.83/秒(流量每秒8.83立方)小河,居然能穿过山脊!还敢在208高地上拐一下,这种勇气肯定雨季才有,平时它绝不敢碰208。

站在整面墙的地图面前,数千平方公里大地仿佛从天上急泻下来,山脉如波浪千姿百态,一刻不停地按照内在指令朝远方涌去。在孟中天眼里早已无平面,他的心理和生理都已习惯于立体感受它们。这是识图用图人员最重要又最难养成的素质。密匝匝的、一圈套一圈的等高线画出山的头颅与身脊,他的手摸它们时,习惯地做波浪状,不断被山脉顶起来,又不断地滑入山谷。图标与弧线越密集,他越着迷,那里经常隐藏最异常的地貌,对那里光读不行,心灵必须像深入深渊那样一分一分爬下去,直接体验大地的骨骼与关节。他发现任何一块地域都有一个主体构造,或者是巨山,或者是大河。它像帝王一样耸立当中,肆意摆布小于它的地物们,它们的隶属关系简直可以绵延千里。比如:这条无名河在208高地拐了一下,因为它不拐不行,百里以外的莲花山暗示它非拐不可!只有面对地图才会震惊:上面的一切都洋溢着生命,犹如无数张人脸聚集成堆,或灵动或呆滞或尖刻或放浪,它们总是有万千语言想说而又说不出来。孟中天甚至能从图上看出春夏秋冬,任何一处地表的四季都不同样。

他对图上的错讹处兴致更浓。每找到一处都是他的享受。总参颁发的六三式系列图谱,被他挑出的错讹达三十四处。但他从不示人,更不上报。

很少有人愿意到孟中天的小屋来闲坐,他也不欢迎人来。他的桌椅床铺和墙都有二尺距离,光这就叫人愕然,觉得没有依靠。他宣布,他的中心位置是东经115.24度,北纬30.17度,经线穿过百慕大,纬线穿过开罗市中心。

股长把半幅地图放到桌面上,注视它的断裂处,默诵上面的字句。

"原先它是完整的,孟中天亲手把它撕裂,真可惜呵……"

"他是热爱地图的人,也下得了手?"

"那天半夜他闯进我屋里来,非常激动。他说:昨天他忽然对大比例地形图发生兴趣。他在屋里挂起一比三千万的世界地形图,无意中发现了全球地表有几个神秘现象,他认为这些现象很可能揭示古大陆的原因,因此非告诉我不可,他已经忍受不住了。"

"你还记得是哪些现象吗?"

"他全写在这张图被撕去的半幅上。写在背面。我记得,因为他当时的情绪使我永生难忘。我说给你听。

"第一,依照天体规律,地球在形成时就是个均匀的几何体。为什么陆地分布如此不均?全球陆地的三分之二处于北半球,而且集中在靠近北极的中、高纬地区。南半球的陆地只有三分之一,也相对靠北。南半球的南半部,几乎全是海洋。

"第二,为什么每块大陆都是北宽南窄,呈倒立三角形?

"第三,为什么北极是一片圆形海洋,地球在那儿凹陷?为什么南极是一片圆形陆地,地球在那儿凸出?

"第四,隔海相望的大陆边缘,似乎可以拼接在一起,什么原因使它们分离?诸如此类,大概有五六条。"

"确实奇妙,不过我好像在哪里听说过。"

"你肯定听说过,因为这些全是世界地形的最基本特点,在任何一本高校地理教科书上都可以找到记载。当时我哭笑不得,告诉他,他的发现晚了一千年。否则,他可以载入史册。"

"这么说,他没有上过高校?"

"没有。"

"也没读过地理地质方面的书籍?"

"没有,否则他不会那样激动。"

"原来,他是个凭直感观察世界的畸形天才,某些方面超出常人,某些方面处在常识之下。"我非常震惊。

"正是这样。我告诉他,这些发现早已算不上发现之后,他就垮了,撕裂了地图,一言不发地走开了。"

我控制不住,坦率地道:"股长,你当时还应该告诉他:他那些发现确实是伟大的,人类获得这些发现用了几千年时间。而他,刚刚接触世界地形图就捕捉到这些神秘特征。我们所知道的是从书上看来的,他所知道的是自己探索出来的,从这个角度讲,他确实可称为一个有创见的人。凭他的素质,只要多读些书,了解人类已经掌握了什么,就可以远远越过我们,进入未知领域。"

"是啊是啊是啊……"股长讷讷地,"他走后我才想到这方面。"说罢,脸上又露出难以名状的复杂表情。

4

孟中天遭到人们猜忌甚至妒恨,他自己总感到莫名其妙。他能继续在团里生存全是因为团长钟爱:"我带他一个人出发,等于带半个图库,你们谁行?"

孟中天也以他卓越的军事素质挽救过团长的前程。

1965年初春,团编入战役预备队进行长途机动,六天六夜拉出去一千三百公里。到达待机地域后,团长一查图,部队已经跑出地图外了,四周全是生疏地形,无法确定团指挥部所在位置,炮群也就无法进行射击准备。恰巧大军区宋司令员在场,这位上将手里有本区地图,偏不给团长看,斥责他:"为什么不带足地图？你自己想办法。规定时间内你完不成射击准备,我立刻撤你的职！"参谋长也一筹莫展,副团长早躲到炮阵地上去了。团长叫来孟中天,说:"如果你想不出办法,我这个兵就当到头了。"孟中天站到山顶上,把周围地形看了五分钟,判断部队越出地图并不太远。他把那张地图铺到作业版上,边上拼接大幅白纸,抓过十二支HB绘图铅笔,把被地图边线切断的山脊、水流、裂谷、荒野……慢慢延伸出去,再添上地物、标高、坐标网。他作业时,宋司令员站在边上看,团长紧张到极点,却不敢靠近。三十分钟后,孟中天大声报出团指坐标值。宋司令员下令全团"暂停",亲自检查孟中天从地图边缘发展出去的地图,将它和自己的作战地图对照,看不出差别。他立刻叫来测地排,用仪器检验。结果:十平方公里内,误差不超出千分之三。三十平方公里外,误差不超出千分之九。孟中天用肉眼和手工获得如此成果,使在场的人惊骇不已。他们都是行家,知道如在一比五万的地图上,用铅笔尖轻轻画上一道线,这条线在实地就宽达十五米！

宋司令员说:"千古第一人。"

孟中天说:"图上一切都是必然的。"

宋司令员下令全团继续操作,乘车离去。

全体人员站立不动,目送上将的车尘。

不料,越野车开出百米,又掉头驰回。宋司令员下车后径直走到孟中天面前:"我还要考你一回。"

宋司令员哗啦一声抽出一张崭新的地图,从中间撕开一个拳头大的洞,扔到作业版上:"三十分钟,你给我补回来。"

孟中天目光一扫,惊道:"司令员,你把大地的结构中心撕掉啦。山势河流统统没有依据,叫我怎么补?"

宋司令员不露声色:"我有意干的。"

孟中天苦思片刻,在地图破洞下面铺垫一张白纸,开始作业。这次,他竟将程序颠倒,采取逆推理的方法,如同沿着人的手足往上描绘,直至绘出躯干与头颅。被撕掉的山脉、道路、裂谷相继出现,地图在三十分钟内复原了。测地排再度用仪器检验。宋司令员说:"不用了,我考的不是精度。"忽然和婉地笑道,"第一次,你显示了你的军事素质。第二次,又显示了你的应变能力。你确实不错。我希望我俩后会有期。"他只跟孟中天一人握了手,转身时严厉地瞟一眼众人,登车离去。

半个月后,师部转来大军区司令部党委办公室的电话通知,素来杀伐决断不容异议的宋司令员,此次指示的口吻异常客气:

请代我从侧面征求一下270团参谋孟中天的意见,他是否愿意协助我做些秘书工作?万勿勉强,切切。

若愿意,请速告我。若不愿意,也请征询他的意愿,并予安排。

另:只要我在职,此人的去留当由我定。

宋雨　8/9

这份电话记录稿惊动了军师团三级,上将司令员亲自掌管上尉参谋的前程,并邀他做自己的秘书。人们敬畏交聚,仿佛议论圣人一样纷纷议论着孟中天。团长长吁短叹,始终不置一言。

5

股长说:"他面临重大选择,横竖都得一定终身了,他只征求过一个人的意见,就是我。"

"你怎么回答?"

股长苦笑:"其实,他来找我之前已经拿定主意了。他的习惯是,小事情上多征求别人意见,大事情上一声不吭独自决断。他来找我,实际上是他需要找双耳朵倾诉一下心情罢了,而我却受宠若惊,真诚地傻呵呵地替他大出主意。我告诉他,宋司令员已经有两个秘书了,你资历浅,去了只能是跑跑颠颠的小角色,首长在重要事情上不会依靠你的。再说,大机关人事关系复杂得要命,一言不慎,终生后悔,跌跤都不知怎么跌的。还是向首长要个名额,进军事学院深造的好。"

"确实是一个选择。"

"我看得出他渴望冒险,说难听点渴望青云得志。他说,他已经尝够单纯专业人才之苦,永远只被人用,不能用人。他驾驭山水,人家却总驾驭他,他不干了!现在是他改弦更张的机会,依靠首长,另辟天地。他深信自己在若干年内能成为军区机关中的重要角色。他说,他在研究地貌地图的时候,常常联想到人生,内中有许多可沟通的道理。大地是自然,人也是自然的一部分,他积累的大量经验完全可以用于人生。他也颇为感慨,说,你我相处八年了,而宋司令员只见过我一面,但是他比你更了解我……我忽然明白:他从来没有真心把我当做朋友,他内心里根本瞧不起我。那天晚上,我们绝交了。"

"雄心和野心很难分辨。"

"临走前,孟中天把他屋内的地图全部揭下来,揭得非常小心。乖乖,铺开来足有三十多平方米。我以为他会交回图库。但是,他把它们卷成个大纸筒,擦根火柴烧掉了。呵,火焰非常蓝,半透明,不冒杂烟,有一股甜甜的气味。他拿着它烧!三十多个县、六千多平方公里在他手上烧!被烧掉的地图价值七千多元,我们完全可以抓起他来,以破坏军备罪判他两年以上有期徒刑。可是周围站满了人,没有一个敢做声。团长政委都不知哪儿去了!只听孟中天大声说!'古代军人以马革裹尸,太陈旧了。今天军人战死后,应该裹着军用地图焚烧,看这火。'地图化为灰烬仍然保持银灰色圆筒状,孟中天轻轻举起它,对着太阳照了照,再猛一抖,圆筒在他手中碎了,碎片笔直地落地,没有一片飘开。孟中天又大声说:'军用地图含金属成分,你们知道吗?'他走的时候,没有一个人送行。全部行李打成个小包,自己提着。"

我怦然心动,我也只有一个小包。

"孟中天到军区后,倒也身手不凡,很快成为宋司令的大秘书,几年后提升为军区党办副主任,副师职呵。'文革'中,他深深地卷入军区上层权力斗争,成了宋司令的得力干将,连部长们都怕他。他主持过几个大专案,下令杀过人。他在党委会上一巴掌打飞了刘副政委的眼镜,这位老红军当场休克。他至今没有结婚,但和几个女人私通,其中一位姓陈的姑娘还是我小学同学,怀孕后精神分裂,现在还在医院。他离开团里的第三天,一位女工就来找我告他,女工已经怀孕了。我报告了团长,团长指示我送她五百元钱,动员她打胎了事。哼,够啦!他的恶迹我就不说了,你一到军区就会听到。后来,他也躲不过,上层复杂得要命。他被逮捕查办,罪名是三反分子,这我不相信,但我理解。军区专案组专门来函调查他早期情况,要我们揭发上报。他被判刑六年,监外看押。后来,好像又从宽处理,恢复军籍,仍是连职,和十几年前一样。"

"你们联系过吗?"

"一走了之啊。老实说,我想念过他,给他写过几封信,一封不见回。后来他升上去了,我也不写了,他根本不屑于叙旧。哈哈哈……"股长笑中隐含辛酸。然后从橱子里拿出包东西,"麻烦你带点茶叶给他。信嘛,我还是不写。你也别说这茶叶是我给的,就说是团里老同学送的。他毕竟在难中,此生怕不会出头了。"

我接过茶叶,表示尽力交到孟中天手里,并把他近期情况写信告知股长。

股长颔首不语,显得格外憔悴。

我知道不该问,但还是忍不住问了:"孟中天被抓起来时,你们揭发了吗?"

股长顿时不安,沉默着。

我宽慰:"揭发也属应该,军人嘛,总还得听上面的。"

股长仍然沉默着。我告辞,股长把我送出门。夜已深,风渐凉,草木簌簌,令人凄清,星月俱无,两眼在黑暗中忽然涌满泪水。我听到近旁低低的、悲怆的声音:"来函让我烧毁了,没人知道此事。我没有揭发孟中天,270团也没有人揭发过一个字。"

6

军区机关大院背倚五凤山,面朝市区,占地极大。四面用青砖砌起围墙。计有东南西北四座大门,每门设三个哨兵,传达室还坐着一个值班军官。另外还有专供首长小车出入的西便门,设双岗。大院又被分为办公区和宿舍区,建筑物无数。我住的那幢灰色旧楼编号252。253是路边公共厕所,254楼已被拆除,宅基地上立一个巨型水塔。我对住房不抱幻想。初到大机关,要准备从最差的房子住起,甚至准备在办公室档案柜后面搭个铺,熬上几年,再一级级调整。我明白,重要的不是住房,而是住在房里的人。军区大院是一座深山,任何一个旮旯角落里都可能藏龙卧虎。到这儿来的人,全是从军区三十万部队中选拔出来的,当年都曾叱咤一方风云。然而同类人物相聚一起,都得收紧自己,看清四面八方的关系,以及关系与关系之间的关系。按时上下班,腋下夹几份材料,记住首长的车号和秘书的电话,注意黑板上的供给通知,在大食堂小车队门诊部服务社内有几个熟人。机关是个越久待就越爱待的地方,让你不觉得缺什么,自动消除非分之想。某部通讯参谋告诉我:机关实际是一座工厂,把一棵棵参天大树的人改制成木板木块,以适应需要,但在这些人身上,仍可见参天大树的年轮。

252楼的建筑年代已不可考,两层,窄窄的窗子,原先的漆早已褪色,墙壁厚二尺,楼内光线晦暗。阳光透进里面总是薄薄一片。我独坐屋内时喜欢让一片宝贵的阳光落在眉心当中,即刻有被命中被劈开的奇异感受。屋内一切消逝在黑暗里,惟我孤独而坚硬,我时常独思闷想徜徉天际,让内心沉睡的东西蠕动起来,犹如精神沐浴,恰当的孤独真是一种幸福。在那幢阴暗寂静、晃晃悠悠的老楼内,我常陷入幽深心境。

252楼具有怪异气氛。

一、极其寂静,整日无一丝响动,从来无人敲过我的门。我站在楼道里屏息谛听时,可听到楼的内部结构交错呻吟。

二、夜间,楼里的灯光会莫名其妙地暗淡下来,一直暗到几乎熄灭的程度,但是不灭。我在黑暗中凝视钨丝发光颤动。过些时候,它会自行明亮。几乎每夜都反复出现几回。大院内使用共同电源,其他楼房并无此类怪事,惟独252。

三、最初我没意识到,后来才奇怪:楼内为什么不见老鼠蟑螂一类的讨厌动物?按照常情,这幢高大古旧的老式楼房内,应当鼠患不绝。我却从没听见过鼠奔和噬咬声,这幢楼似乎死去了。

四、命中注定,孟中天竟然也住在楼内,我住西头3号,他住东头3号,楼下还住一个保管员,是个老兵。整幢楼就我们三人。剩余的房间全已充做仓库,堆满马列经典著作、待焚毁的文件材料、早年的奖状奖旗……总之,我是和曾经显赫一时如今废弃不用的人物及物品住在一起。

东头3号位于楼梯对过。门前铺块踏脚棕垫,明白无误地显示:里面住人。我敲敲门,没有动静。我扭动门把一推,门开了。门扇慢慢地沉重地朝后旋去。啊,门后有重物落地,我被惊吓住了。屋内拉着深色窗帘,朦胧不清。一张很大的写字台上,堆着书籍案卷。椅背上搭着件旧军大衣。床头衣架上,军装领口仍缀有领章。对面墙壁贴着大幅世界地形图,上抵天花板下接地板……我在观看屋内时,房门并没有停止旋转,现在它又朝前来了,仿佛后面有人推它。它无声无息、乌云蔽日般逼近我,我后退一步,它与门框合拢。咔嗒,舌簧再度入槽。

我朝阴暗的楼梯口望去,刚才似乎有人偷看,静候片刻,不见异常。我迈步回屋。正走着,脚下有奇怪声音,不是脚步声。我停步谛听,很静,接着又走。脚下又传出声音。这回听清了,声音低哑而沉闷。

"他不在家。你找他干吗?"

是保管员,他在楼下隔着天花板跟我说话。

我低头朝地板喊:"没什么事,想看看他,认识一下。他出去多久啦?"

"半个月吧。"

"什么时候回来?"

"难说。"

"怎么不锁门啊?"

"从来不锁。"

我们就隔着楼板交谈几句,谁也看不见谁。声音却挺清楚,就像面对面说话。这楼里什么都休想隐瞒。

回屋之后,我半天不动弹,内心悲凉。我和两个什么样的人住在一块儿啊。一个,我进了他的屋却不见其人,门也不锁,屋内的气氛就像刚刚搬出尸首。也许我回头再推开那扇门,他又呆滞地坐在那里了。来去无影,诡谲莫测。另一个,我和他怪诞地聊半天,不见其面容,他在某次事故中烧焦了脸,终日不肯见人,只是睡。但从来不会真正睡去,稍有动静都会被他捕捉住,如同匍匐一隅偷偷舔伤的小兽。我们三个人在这幢老楼内还必须朝夕相处,他俩孤僻乖戾,深沟高垒,被外界遗弃后又遗弃外界,不过这也是一种抵抗。我是正常人,出了楼就可以和部长处长们融洽相处,身心泰然。正因为如此,我会不会招致他俩的敌视?须知在这里我只是孤身一人,就连仓库里的经典著作奖状奖旗们,都默默地站在他俩那边。我决定一有可能就搬出老楼。

有天夜里,我弄完一篇冗长的报告,端起脸盆踩着快要裂开的楼板朝水龙头走去,过道里灯光迷暗,脚下咔咔作响。我把脸盆放在水池边上,伸手拧水龙头开关,忽觉手掌发麻,一直蔓延到胳膊。我惊叫着后退,望着黄铜水龙头。刚才我好像握住一个毒蛇头颅。

东头3号门无声地打开。强烈的灯光涌进走道,有个身影伫立在灯光里,面目不清。

"注意,水龙头带电。"

"什么?"

"电压不低,能把人打昏。"

"怎么会,我天天用它。"

"你没用多少天。它只在夜里带电。"说完,他把门关上。走道又陷入黑暗。

我过去敲门。门开了,他仍然站在门后。我估计刚才门关上之后,他就没挪动身体。甚至是在期待我敲门。

"你是孟中天?"

他点点头。

"我是苏冰,刚从炮兵270团调来的。"

"270团……"他喃喃低语。

我顿时有了信心。因为我们一下子从血缘上沟通了。我随他进屋,正欲落座。孟中天却从沉思中惊觉,热情地抓住我的手,用力握紧:"请坐,请坐。"

我站起身重施见面礼,然后再度坐下。

"只有夜里,它才带电。可能是因为夜间潮气大,电流渗透出来。这幢楼的线路乱七八糟。我经常想,类似现象很微妙。妙不可言!……"他觉察到我没听懂,便示意屋外,"那只水龙头哇。在你我身边,充满了不可思议的力量。对此,只能猜测,不能解释。注意到灯光在变亮吗?好像有个怪物要从灯口钻出来。如果我们从灯口开始思考,循着花线、皮包线一直思考下去,经过开关,保险闸、绝缘管,就进入地下了。那里遍布管道线路,从这幢房子盖起后就再没人能见到它们。我们以为它们安静地待着,其实它们早就乱成麻花了。没有什么是不可沟通的。也许你拿起插头,随便朝墙壁上一插,就会有电流溢出。43号楼上个月拆除,地基下面遍布老鼠的骸骨。随后,42号楼全部线路中断。这两幢楼的建筑时间相距十九年,线路完全不搭界的。可是,时光把它们沟通了。"孟中天神秘地微笑。

"管理处为什么不修理?"

"你是指这座老楼?"

"当然包括它。"

"世上最难以沟通的是人类,这是总原因。具体原因嘛,一是没有电死过人;二是我没报告过漏电情况。哦,我知道你又要问为什么。"孟中天颔首沉默,"身边有这么多神秘莫测的现象,我喜欢它们。它们从来不会伤害我,反而使我思考许多东西。所以,我不希望它们消失。"

我注视着孟中天冷峻的脸,预感到他是个很有内在力量的人。最初我以为他肯定寂寞,我就是怀着点悲天悯人的心情进来的,和他聊聊,甚至暗藏优越感。现在看来,他可能什么都有,偏偏就没有寂寞。

谈话中断,他也在注视我。

于是我们仿佛在进行一场精神交锋。我也注视他,把握自己别过分。

这一刻也许会决定我们以后的关系。

"噢,你等一下。"

我惶然地起身跑开,回屋去拿那包茶叶。我厌恶他那夜兽般幽绿冰冷的眼睛,同时又觉沮丧。这个孤傲强硬的失败者!和人果然最难沟通。

"老吴托我带点东西给你。吴紫林。"

孟中天接过嗅了嗅:"铁观音。可惜我没什么东西给他。"随手放到桌上。

我建议道:"可以给他写封信嘛。"

"真的,我还从来没给他写过信呢,十六年喽。要是我给他去封信,告诉他我如何倒霉,他会很愉快的。"孟中天眼内露出些笑意。"我准备让他愉快一下。现在他当什么?"

"股长。"我加重语气,"老股长啦。"

"和我预计的一样。十六年前,我和他分手时曾经预言:如果我不离开,将来我和他,一个会当团长,一个会当政委。要是我离开团里,我还是我,而他呢,最多只能当个股长。"孟中天笑笑,"他只有在别人的牵制和鞭策下才能成事,他没有驾驭一方天下的性格。"

我吃惊又愤怒。孟中天对股长的评价甚为精当。但他沦落到如此地步还在弹贬旁人,可见沦落得应该。

孟中天又问起团里几位老资格。我一一介绍他们的近况。孟中天也一一做出简评。

"不出所料。

"此人失意时是人才,得意时是蠢材,一颗野心两副面孔,我最关心治理此类人物。

"此人当团长稍感过分,当个副师长较为恰当。他不善当正职。选他当团长,定是师里用他在遏制旁人。而这位旁人,能力绝对强于他。

"哼,貌似高明。一望而知,用意是养寇自重罢了。上面绝不会让他把对立面放倒,这样才会有全局平衡,便于领导。他如思考得再深些,就该懂得恰好用同类方针来以下制上,驾驭上头领导。

"愚蠢!千万不能把亲密战友要来做搭档,这样既坏了工作,又丧失友情,必有反目成仇的一天。两强相斥,必须远远分开——也即让他们远远地竞争才妥当。"

他完全是用高层领导的口气说话,只不过更加露骨更加锋利罢了,因此也更有魅力。我任凭他尽情地议人议政,准确深刻刺激。过去对团里风云人物的许多不解处,经他戳戳点点,竟如墙上的灰浆饰物坍落,显露出原本简单的面目。

孟中天喟叹:"十六年了。一言以蔽之:各有所得,各有所失,祸福相依,殊途同归罢了。"

"我在你以前的宿舍住过两年。"

孟中天眼内发亮。那是隐藏着的兴奋。

"没想到,"我说,"如今又和你住一块儿。"

孟中天忙道:"解释一下,让我住在这幢破旧老楼里,并非对我薄情。前几年,我大权在握时,也是住在这儿。办公室多次提出要给我调房,我也没调。重要的不是住房,而是住在房里的人。和那时相比,我房内的陈设只拆除了两架电话。唔,你接着说。不要想好了再说,最好想到什么说什么。无心才是真言。"

"那间房子先后住过许多人……"

"关键是住过我。也许可以算上你,对吧?"

"房子有些潮,结构不对称。"

"结实。"

"隔音效果好。地处最西头。人们不常来……"

"独处!"

听声音孟中天有些焦急。他总是把我后面的意思提前捅破。我感到他在鞭策我,尽管不那么说。

"我在要离开团里的最后一天,在无聊中观察房子。在窗框缝隙里发现个纸卷,那是半张军用地图。通过那条缝隙,正好可以望见莲花山觇标。接着,我又从墙上拔出衣架,发现从中间小窟窿里可以望见第二觇视点……秀岭觇标。自然,我在地面上找到了你钉立的坐标点……"

"东经115度24分37秒,北纬30度17分97秒。这是我在星球上的位置。"孟中天轻轻背诵,"它们居然还在呵。"

"我有两点不理解。"

"请讲。希望是深刻的疑问。"

"首先,你测量自己的精密到极致的坐标点,究竟是为什么?"

"问得好!"

"我是作训参谋。一般性业务自信不比你差。我知道,要在一座四面封闭的屋内测点完全不可能。而你竟然在墙上开辟了两个觇视孔,这两个觇视孔显然是一次成功的。我知道在判断方位、选择位置、把握角度等等问题上你费过多少心思。否则,不可能一孔就见远处的觇标。你的直感是惊人地准确。各项条件也具有惊人的难度。你为什么要耗费这么多精力测算自己的位置?"

"如果你当时问我,我还真答不上来。当时我一面干着一面嘲笑自己神经病,毫无价值毫无目的,却耗费了我许多精力。当时我只有一股兴趣,或者是一股激情。当时我在脱衣服,一颗纽扣从身上掉下来,恰巧掉在我两脚中间。我一下子震动了:这就是我的位置中心,自然也是地球的某一点。我对其他物体的位置知道得那么多那么精确,还从来不知道自己的位置呢。所以我下决心搞出自己的精确位置。其误差一定要小于那只小纽扣,于是就不顾一切地干起来。现在,我明白自己当年的心理状态了。唉,第二个问题?"

"你还没回答第一个啊。"

"还是不回答的好。"孟中天亲切地拒绝。

"我希望我们平等交谈。坦率地讲,我一进屋就感觉到我俩的精神优劣了。你虽然倒了大霉,可你还始终让自己在别人头上盘旋,你自以为跌跟头也跌在别人头上一万公尺处。你总是想抢在别人洞察你之前洞察别人。你根本不考虑别人对此有何感受。你用自己的素质征服了老同事之后,对他们的怀念、诅咒、钦佩不屑一顾。你住在这块腐烂的房屋品尝自己的强悍精神。你……"

没等我发泄完,孟中天已经在轻声回答我第一个问题了,我不得不中止发泄。由此又证明他比我厉害:让我在兴头上自动住嘴,重新追上他的思绪。

"只有一个解释:那时的孟中天展示了一般人根本不具备的

性格。敢于为那些对别人毫无意义而对自己精神上非常重要的事情而狂热。不管别人如何评价,只顾放胆去做。那时的孟中天已经开始喜欢身处绝境,被迫进行超常的努力和创造。那时的孟中天不惜一切要实现自我愿望,这在'一切服从上头'的军营里是非常难得的。那时的孟中天并没有认识到这些,但在盲目地追求这些。这种人,很了不起也很危险。"他语气那样诚恳。

"第二个问题。为什么我在屋里找不到第三觇视点?你靠什么来检验测算成果呢?"

孟中天哈哈大笑:"你找了多久?"

"一个下午。"

"真对不起,根本没有第三觇视点。因为我根本不要检验!"

"这样可靠吗?"

"我们思考方法不同。不错,所有教材上都规定两点交叉,第三点检验。所有人都认为觇视点越多,交会点越精确。这已成定理。我们为什么不换个想法:觇视点越多,带进的误差不是也越多吗?两百个觇视点的平均误差,并不一定小于两个觇视点的绝对误差。也即,觇视线越多,交会点越模糊,反而不如两条觇视线相交清晰。我们许多工作,就是把原本好解的事变得不好解,然后费尽心力去解。而且,这种把简单事情复杂化的功夫,往往被称为领导艺术。"

我掩饰自己的窘迫。孟中天的思考方法让人既难以接受又难以驳斥。但是,他敢这么想,这就够使人敬佩。我对测绘业务中诸多灿若星座般的天条,从来都是努力精通它们,不曾有一次冒犯。

我也有异样的感受:由于我没有冒犯它们,所以我对敢于冒犯它们的人,隐隐嫉恨……若那冒犯者是我,该多好呵。

"你还发现过什么?"

"没有了。"你那屋里有那么多值得发现的吗?见鬼!我想。

"再想想。请。"孟中天远远地朝我面前泡好的铁观音点动食指。

"想不出来。"

"墙上。西面墙上。"

"有一块大水渍。从天花板自上而下渗出来。干透之后,已经固定住了。"

"它像什么?"

我蓦然惊觉:"非洲大陆!妈的,简直像极了。"

孟中天平静地说:"相当于一比四百五十万的非洲地形图。上北下南右东左西,惟妙惟肖啊!我测量过,它的西海岸线——也就是濒临大西洋沿线,几乎丝毫不差。它的东海岸线——也就是濒临印度洋沿线,起伏小有出入,也在百里以内。这样一块非洲地形图,竟然是雨水渗透造成的,浑然天成,不可思议……"

"真没发现。"我愧恨不已。那水渍足有半人高,天天挂在我眼前,而我居然能保持漠然达两年之久,没能看出奥秘。

"极其偶然,是吧? 只要人一这么想,就完了,就视而不见,内心封闭。永远只会观看,不会发现。"孟中天微笑着示意,"请你再看看那个墙角。"

我在屋内巡视,立刻被西北墙角吸引住。那里也有一块灰黄的水渍,从天花板往下渗透。我高声道:"阿拉伯半岛!"

"正确。它正在消失。同时在南移。请再判断一下比例。"

"大概,一比一百五十万吧。"

"差不多。真像从地图中撕出来贴在墙上的。精彩的蠕动的活物! 你注意一个明暗变化:西南边缘,颜色较深部分,可以看作是希贾贾兹山脉。中部的过渡色,是大沙漠。东部最明亮的区域是海拔不足二百米的平原。"

"有意思。"

"它和面积达二百七十万平方公里的世界上最大的阿拉伯半岛,有着共同成因。"孟中天用平静的声音说出骇人的结论。又注视我的反应。

我保持沉默。实际是有礼貌地抵制。

"吴紫林肯定告诉过你,我发现了地球形态的若干奥秘吧?"

"当然。"

"你还记得是哪些奥秘吗?"

"记得。"我复述了一遍。

孟中天合目颔首:"这些奥秘,不知诱惑了多少代人。无数科学家试图认识它、解释它,憔悴而死。至今无人能够成功地解释其形成原因。"他停顿半响,"我能解释这些奥秘,并且能够说明地球上全部海洋与陆地的起源、变化及未来趋势。"

我震惊了:"能大致说说你的理论吗?"

"如果你真的想知道,我当然可以说。尽管你现在内心里不屑一顾,等我说完,你肯定会惊奇。我先问你,你对地质知道多少?"

"限于常识吧……"我含蓄而自信。

孟中天摇头:"魏格纳的大陆漂移说,知道吗?"

"不。"

"李四光的地质力学?"

"不。"

"张伯声的镶嵌地块波浪运动?"

"不。"

"甚至连风行地学界的板块构造学说,你也……"

"不。"我声音低弱。那些学说,我并非完全无知。但我所知道的,只是支离破碎的皮毛罢了,显然无法招架他即将倾泻的见解。我宁肯说不知道,尽管这使我难堪。

"很好。"孟中天笑了,"你脑瓜里很干净,我说起来也就更加方便了。所有那些学说,都妨碍我们对一种新观点的理解。我宁肯你什么都不知道。我也是在对那些学说一无所知的时候,闪现出自己最初念头的。要是先被学说们占据头脑,我估计我绝无创见。后来,我一一拜读过那些苦心之作,当然它们也不乏真知灼见。结果,它们没能说服我,我却能融化它们。你,是我第一个与之倾诉的人,我有些激动。我想在叙说之前休息一下。我们明天再谈,可以吗?"

我怅然离去。

7

第二天是星期日,我醒来时楼内出奇地寂静。电灯开关我睡前已经关闭,但是灯泡里的钨丝仍然发红。我下床摸了一下黑胶木开关,它很热。我用力再关了一下。钨丝熄灭。昨夜我绝对没睡好。即使在梦中我也清晰地感到:孟中天在等待我。

踩着咔咔作响的地板向他的房间走去。脚下,隔着楼板传来声音:"苏冰。"

楼板薄得像脆纸。这种呼唤方式有怪异而又锋利的意味。似乎不是对着你耳朵说话,而是用竹片子戳你后背。

我下楼寻找孟中天。楼下的结构同楼上相同。中间一条宽阔幽暗的走道,两边各有十数扇房门。我向右侧走去,判断孟中天可能在附近数间屋子的其中一间里。

我看见有一扇房门和其他门不同,它从上到下包着铁皮,里面似乎有重要物品。我不敲门,径直拧开门把进去,孟中天果然坐在角落处一张式样古旧的扶椅上,看不清他的面目。凭感觉,他在抑制内心情感。他站起身,道:"这里有某种气氛,是吗?"

我巡视四周,栗然心惊。这间房子极大,大到了一眼望不到头的地步,显然是将相邻的几间房全打穿了合并成一间。在木架上、矮几上、地面上,摆满了大大小小或立或坐全身半身的毛泽东塑像。它们已经放置很多年了,致使塑像的头顶、肩上积聚了一片灰尘。微弱的光线从紫色长帘后面透出来,毛泽东群像们沉浸在暗影里,身姿凝重,犹如大片从雪中凸露的山脉。群像们仿佛在幽思,凝定不动,异样地沉着,深不可测。于是这间屋子变成了殿堂,与世外无涉,岁月积淀在这里。高达三尺的塑像与搁置案头的半尺高的塑像,本都该独居一尊,但它们拥挤在一起时各个并不失伟岸气派。空气中有石膏受潮后散发的苦酸。窗帘低垂不动。全部塑像都面对着一个方向——孟中天。

我见过各种领袖塑像,但从未见过如此之多的塑像同时出现。我身心俱感难以承受。我走到孟中天旁边,方才解除些压抑。

"为什么有这么多?"

"三百六十七个,都是当年剩余的。"孟中天说,"还有我,也是个剩余物品。"

从这个角度望去,我蓦然惊觉到一个奇异场面:众多的塑像排列在那里,竟如同一支等待号令的军队,而孟中天却处在统帅位置!不知他察觉到这点没有;或许他暗中洞悉但浑不为意。你看他注视群像的目光,坦然的神色,胸有成竹的身姿,统统显露出在这里久处且自得的历史。

"这是我的办公室。我曾经有过几处办公室。但是最重要的,还是这间仓库。除了首长没有别人知道。恐怕你也听说了,我是深得首长信任的秘书,又曾任党委办公室副主任,处在这样要紧的位置,我当然知道得很多。我对首长有超出一般秘书的影响力。

首长的许多电文、信函,都是我在这里起草的。说实在话,我在这里酝酿并完成过许多文件,后来成了军区党委的决策。没有人会到这里来打搅我,这里安静孤独,有一种……微妙的气氛,很适合于我。用外界的话来说,我是首长身后的要害人物,所以,许多工作先做到我这儿来,然后再争取首长支持。久之,'孟秘书说……'差不多和首长指示一样了。我权重一时因而招致无数嫉恨。我深知那种状况的危险性,我喜欢有危险又有作为的生活,我把自己发挥到极限,也等待最后崩溃。有一天,有人敲门,我打开门,首长进来了。他从来没到这里来过,有急事也只是叫人给这里挂电话。他四处观看,面容严肃,我们一下子变得陌生了。他只和我说了两句话,一句是:该找些绸子把主席塑像盖起来,看落上多少灰。我记下了,这是指示,马上就得办的。另一句话我也记下了——连我也佩服自己的冷静,他说:我代表军区党委宣布,你从即日起停职检查,交代问题。说完他沉默着,我也沉默着,然后他走了,我留在这里。第二天我就被隔离审查,无穷无尽地被盘问、写交代。最重要的内容,就是关于首长的思想言行,以及我协助他干过哪些事情。那是我一生中最疲劳的日子。审查者自称是首长派来的,所问的问题又都十分知情十分尖端,当然也不乏挑拨和诱供。我掌握住一条原则:凡是只有我和首长知道的事,我至死不说;凡是会有第三者知道的事,我如实地交代。哦,我今天还能安静地活着,恐怕和这条原则有关。后来我只有任人摆布了,开除党籍,降职降级,转业处理。我一共被转业四次,都没能转出去,原因很简单,我知道得太多。于是我被扔在这里八年多……至于首长,宣布对我停职审查后三个月,他也被解除职务,关押起来,几年后又放出来,工资照发,离职休息。

"我喜欢孤独,就是在首长的巅峰时期,我也时常从忙乱的工作中脱身出来,独自在此沉浸一整天。如果连续几个星期我都不能孤独一下的话,早就失常了。首长知道我这个毛病并且予以理解。后来我彻底孤独了,才知道我以前对孤独的渴望,乃是精神升华。没人理睬我,不准看报,不准离开老楼,不准收发信件,不准与人交谈……使我烦躁得几乎发疯。这些规定至今仍没撤销,只是没人执行罢了。门口屋住的战士,真正的职责不是看守仓库,而是监护我。我和他相依为命。他对我无话不谈,是我了解机关见闻的窗口,并且任我自由行动,从不汇报。我呢,则是他在部队服役的保证。有我在,他就得继续监护,没有我,他就得退伍。他已经超期服役三年了,不愿意退伍,无处可去。

"言归正传。我说这么多,目的是想让你知道我当时的绝望处境,你理解吗?"

我点点头。尽管他说得十分简略,我仍然从中感受到巨大的情感波澜,隐约地,对他后面将要倾诉的内容,激起加倍的好奇和畏惧。

"对整个地球的理解,也是我在对自身命运绝望时获得的。人在绝望中自然会有许多疯狂念头,诸如征服人类毁灭星球等等……"孟中天的目光慢慢地扫视着大片毛泽东塑像,显然亢奋起来,面对塑像们倾诉内心。"那些疯狂念头,大多荒诞不经,人一旦平静下来就会忘却。可是,有些意念却是旷世稀有的灵感火花,偏偏也在人绝望时迸放。"孟中天微笑,"我先从地球最基本的特点谈起。你知道,地球是一个绕轴旋转的椭球形天体,赤道半径六千三百七十八公里,极半径六千三百五十六公里,扁率为一比二百九十八点二五。赤道将地球分为南北两个半球,最显著的特征就是大陆分布不均及南北极的反对称现象。地球之'顶'——北极,是一个凹陷的近乎圆形的海洋,四周完全被欧亚大陆和北美大陆环抱。因此它是个真正的地中海。可是,地球之'底'南极呢,恰恰相反,是一块凸出的巨大的陆地,也具有圆形面貌,四周全是浩瀚的大洋。南极洲是全球最典型的洋中陆。此外,南极洲有不断上隆的趋势,北冰洋却具有下降的趋势。"

"南极洲与北冰洋形成异常鲜明的对照!"我说。

"我们可以把北冰洋看成是一枚反置的白色围棋子,凸面朝下。再把南极洲看成是一枚正置的黑色围棋子,凸面朝上。两者的面积都恰好是一千四百万平方公里,南极洲的高度和北冰洋的深度也异常接近。我们完全可以拈起南极洲,轻轻一放,它正好镶合在北冰洋里。地球的两端就一样平滑了。奇妙吗?南北极分别位于地轴的两端,其形态上的反对称现象在构造学上有重要意义。

"另外,全球陆地的三分之二集中在北半球,呈放射状由北向南展开,离北冰洋越远,陆地面积越小,各陆块几乎全具有倒置三角形的形态。五大洲综合成一个以北冰洋为中心的大陆星。(图一)

"而大陆星以外的惟一陆块:南极大陆,却坐落在地球的最南端。也就是说,地球上的陆块越北越密集,最北端却是大洋。越往南陆块越稀少,最南端却是一块大陆。众所周知,放射状或星状结构,都是物质从几何中心向四周扩散的结果。地球表面的海陆结构,也统一表现为以北极为中心向南极有规律的变化。你知道怎样制作陶器吗?"

"曾经见过。"

"看看这两张照片。"(图二、图三)

图一

图二

图三

"上面是一只普通的半釉粗陶器,表面的釉纹图案与地球表面大陆惊人地相似。你知道,给陶器上釉,是在陶器旋转时,釉料自上而下流动着涂淌上去的。而地球也正是不停地旋转,北冰洋就是地球上端被捅开的巨大圆口,大陆物质不断涌出,沿地球表面往南端流去,沿途渐渐凝固成大陆。南极洲便是其中抵达终点的很少一部分。到这里来。"

孟中天把我带到屏风后面,啪地亮灯。这里被隔开十多平方米的空间,巨幅世界地形图覆盖了整面墙壁。此外,四周还有许多局部图,是倍率较大的典型地貌的平面或剖面图。一张乒乓球桌上堆置着各种模型、文稿,茶几和书架上或立或倒散乱着许多地质学方面的书籍。电源被安置上稳压器,灯光明亮而柔和。我们面前木架上有只地球仪(图四)。

孟中天注视着它说:"这是我依据当时的地球条件制作的模型。我让这个地球仪快速旋转,让浓稠物质从北极涌出,它们自然地向下端淌下去。"

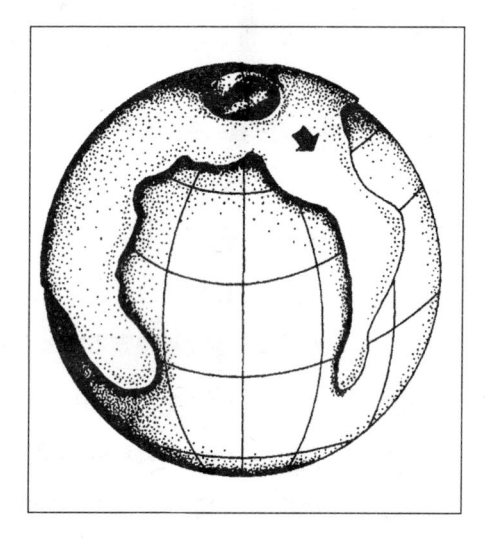

图四

"啊,和真的一样。"我脱口惊叹。

"它们就是真的,"孟中天纠正道,"几十亿年并不遥远。北极是全球大陆的源头,是一座超级火山口。D.K协会的唐·安德森甚至认为,四十亿年前,地球曾一度被深达四十公里的巨大的熔岩海洋覆盖。读到这句话我吓一跳,以为他已发现了地球的真正奥秘,再读下去才知道他也只是局部推理。中西方地学界四大学说的共同毛病,就是没能真正把地壳与地球、天体的发展联系起来,即使有创见也是剖面式的或破碎式的,没有整体观。但是我估计,大量地质和宇宙方面的发现,使他们不久也会制造出我这个模型,所以我得加快步伐。"

我久久凝视模型,被它的美所感动。金黄的大陆物质以柔软的肢体富有韵律地朝四周延伸,弥漫在蓝色的海域里。北极犹如婴儿的小口张开,既似倾诉又似渴求。整个模型呈示着鲜嫩的生命之美妙。我把这一点告诉孟中天。

孟中天感叹着:"我制作这个模型就是为了亲眼观看地壳诞生时的景象。你看大陆块的姿态多么随意,多么协调,像只巨大的海星。这种形态与宇宙中许多生命形态近似,造成这种形态的关键是自由。比如,海中的海星和许多藻类,它们的形态就比陆地上的生物自由,因此也更像地壳的初始形态。我想,人的思想如果可以塑成形的话,肯定也是这种形态,当然必须是自由的思想。"孟中天指示着模型顶端的北冰洋,"岩石学早已表明,全部大陆物质都孕育于地球深部,它们在一定条件下沿一定的通道来到原始地表。北冰洋正是它们的出口。洋中间这道横亘物,就是洋底的罗蒙诺索夫海岭,它的走向穿过北极的极点,将地球的出口北冰洋分为两个巨大海盆。东侧是欧亚海盆,西侧是加拿大海盆,原始大陆分别从这两个海盆中涌出地表,再向东西两侧流淌。还记得刚才你看过的大陆星(图一)图片吧,上面的各陆块并不按照标准放射状向四周均匀蔓延,而是相对集中在东、西两半球各一定经度范围内,为什么？因为东半球的欧亚大陆是从欧亚海盆中涌出,西半球的美洲大陆是从加拿大海盆中涌出,彼此大致相背着朝南极流淌。对此,我们又可以从大陆的终点——南极,得到证明。南极洲并不是一个统一的陆块,而是被东、西两个陆块拼合起来的。在南极洲中部,长达三千公里的世界最高山脉之一——南极纵断山脉,沿子午线通过极点,将南极洲剖为两半。非常有趣的是：东面的南极大陆和西面的南极大陆,无论在地质上还是地貌上都截然不同！同样有趣的是：尽管它们截然不同,但地层和古生物研究又证明,西面的南极陆块与断续相连的美洲大陆非常一致,东面的南极陆块与澳洲、亚洲在中生代以前十分近似。实际上,南极纵断山脉是东、西半球大陆物质到达终点后拼合的标志。地球原本无海陆,只是由于地心内熔融物质在特殊条件下经北极地区涌出原始地表,又沿着罗蒙诺索夫海岭东西两侧往南流去,并且在运动过程中逐步凝固,才造成了最初的大陆,同时造成了最初的大洋。那时的大洋并无海水,洋底就是未被大陆物质覆盖的原始地表。那时的大陆全部连为一体,而且比今天更加靠近北极。它们像只硕大无边的爬行动物,身躯起伏,一跃一跃地运行。"孟中天脸庞闪出神往之情。

"无法想象。太恐怖了!"我说。

"美到极致的东西,往往令人感到恐怖。我要能看上一眼当时的场面,死也甘心。那时地球表面上空数十公里内,弥漫着碳气、臭氧、水分、尘埃,温度极高,达上千摄氏度,到处隆隆巨响,空气稠密成了泥浆样的东西,连半米也望不出去,四面八方是灼热的赤红色,地球看起来是比今天大的红色的星球,上面毫无生命可言,地球本身就是个萌动着的生命。然后的一切,都是那时的继续。"孟中天坐下注视我,"最关键的发现,我已经告诉你了。"

有好一会儿我什么话也说不出来,惊骇的心情难以消除。我努力镇定自己,莞尔一笑,这时一笑真管用。"你所显示出的东西,恰恰证明你蕴藏着更多的东西。"

"不错。好像一座冰山,露出海面的只有七分之一,我还有七分之六埋在海里。"

"你所叙述的,准确地讲,仍然是一种设想,或者说是猜想。"

"是猜想!"孟中天说,"所有关于过去和未来的认识,统统是猜想。关键是看谁的猜想被证实,谁的猜想最能解释今天的地质现象。'板块'说对于破碎后的大陆的解释是成功的,对于大陆的产生无能为力。'地质力学'差不多就是力学,最大的成功——恕我直言,在它的实用效益:找油找矿预报地震。它们所能解释的范围,只限于大陆形成之后。地球被人们分割得太碎了,各学说都死守着自己那点深刻而片面的真理。很多自然学科中,划时代的创见,不是由本学科的人提出来,恰恰是学科外的人最先提出的,因为不懂专业,所以他的精神没有被专业学科束缚住,'直感'还活着,然后才产生猜想。很多争论焦点,已经不是对与错的问题,实质上是敢不敢的问题。唉,在这些方面,他们要是具备些毛泽东精神就好了。"孟中天面容肃穆,"猜想也罢,理想也罢,终归要受到实践检验。我既然提出来了,就准备面对全部地质学家和全球地壳现象。要知道,让人们承认一个东西,往往比发现这个东西更艰难。我有准备。"

过了许久,我说:"那么,我先提几个问题。"

"请提吧,你一直是比较深刻的。"

"第一,全部大陆都是由地球内部涌出的岩浆构成的。"

"物质,熔化的物质。主要成分是硅铝。这点非常重要。"孟中天予以纠正,然后抱歉地点头,让我继续说。

"为什么这些物质偏从北极出来,而不从南极或者赤道一带出来?(孟中天欲言,我制止他,对他刚才打断我予以一次报复,从此他再不打断我的话)出来以后,为什么向南流淌而不是向其他方向流淌?"

"非常有力!这实际上就是地壳动力来源问题。这个问题不解决,大地一寸也动不了,我的理论就是沙滩楼阁。天文观测证实:银河系外天体的谱线红移是普遍现象,也就是说,地球与其他星球之间的距离,随着时间推移而增大。今天看来距我们非常遥远的天体,在地质时期却非常靠近地球。我们设想一下,当时地球南方有一个巨大的天体,对地球产生强大引力,影响着地球熔融物质的流动。就像今天的月亮影响潮汐一样,熔融物质就是一类固体潮汐。整个地球当时都处在半熔状态,地球内部各种物质中,最容易被熔化的是含水硅铝,熔点只有六百五十度,大大低于铁镍镁等的熔点。在地球内部成分中,密度最小的又是硅铝物质,它们被熔化后最容易上浮。通常情况下,上浮是从地心向地表浮去,可是地球南方宇宙空间里有强大的天体引力,因此这种上浮就变成从地球内部向北极方向聚集,也就是'北浮'状态。随着地球温度增高,'北浮'的硅铝物质越来越多,自身也加以膨胀,终于冲破地表的束缚从北极口大规模喷涌。整个地球成了超级火山,北冰洋是火山口遗址。喷涌之后,自然会向下流淌。哪里是下呢？地球原本无所谓上下。同样由于南方天体引力的缘故,南极就成了下。下淌也就是'南流',它们别无选择。这就是大陆物质从'北浮'到'南流'的旅途,它们前赴后继,行程数万里,只有极少一部分抵达终点,其余都凝固在地球表面,成为原始大陆。今天地球上最古老的岩石是花岗岩、片麻岩、伟晶岩,它们都是酸性岩石,富含硅铝,也证明硅铝物质最早涌出地表。"

"这么说,关键在于地球南方有一个巨大的天体？"

"后来它远去了,越来越远,地球也变得越来越复杂。"

"又是一个猜想！你不能用这个猜想证实前一个猜想,尽管你的猜想非常动人。"

"你也不能因它是个猜想而否定它！现在我证实给你看。那个X天体不但给地球造成巨大影响,而且拨弄过太阳系其他星球。火星是地球的近邻,它的生成演化条件和所处的天体环境,与地球完全一致。在火星上,有海洋（无水）也有大陆,有南极也有北极。特别是它的动力学行为,和地球最为相似,你看看这张对照表。"（表一）

	火　星	地　球
自转周期	24时37分	23时56分
绕太阳公转平均速度	24.1公里/秒	29.8公里/秒
自转轴与黄道面夹角	25度	23.45度

表一

我承认："非常近似。"

"两星球的差异,用天文目光看简直是零。现在,我们再欣赏一下两星球的海陆分布状况。"(图五)

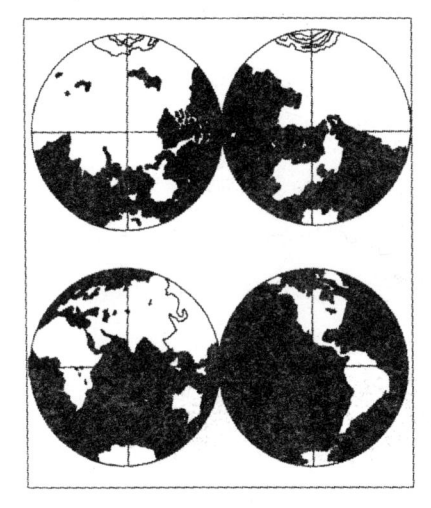

图五

我惊叫着:"太像了!"

"惊人地相似。如果有人把火星认做地球的话,我也不会奇怪。今天科学界,对于火星生命抱有极大期望。实际上,火星大陆与地球大陆一样,也是从北极喷涌出来,再向南极流淌。还有月球,哦,它非常微妙!首先,它正面永远对着地球,背面永远背着地球,像个害羞的少女围着地球这个男子汉旋转。月球上也有月海和月陆,奇怪的是,月海几乎全集中在月球正面,月陆几乎全集中在月球背面,你猜猜是为什么?"

"地球引力?"

"正确!你看你,已经在用我的理论解释问题了。月球是地球的卫星,它所承受的最大引力来自地球。据观测,月球正在渐渐远离地球,在地质时期,月球与地球显然靠得更近,引力更大。月球上的大陆物质,只能从背着地球的远地点涌出,再朝对着地球的近地点流淌。地球就是牵引月球的 X 天体。X 天体使地球大陆集中在北半球,海洋集中在南半球。地球也同样戏弄了月球,让月海集中在正面,月陆集中在背面。简直是美妙的艺术行为!现在你还认为我的理论核心是个猜想吗?"

"但地球又是太阳的卫星,它所承受的最大引力来自太阳,不是 X 天体吧?"我忽然惊醒。

"更加微妙了。"孟中天满面喜色,"既然太阳的引力最大,地球上的大陆物质应当流向太阳而不是流向 X 天体,对吧? 是呵,如果地球自己不转的话,大陆物质会流向近日点,可是地球不停地旋转呀,因此地球就没有近日点,只有近日线——赤道。而赤道也在北极的南面。地球终南端呢? 始终不变地对向 X 天体,所以 X 天体的引力尽管小于太阳,大陆物质仍然流向近 X 点——南极。何况地质时期的 X 天体引力肯定大于太阳,甚至全部太阳系都绕它旋转。月球是忠心耿耿的,它每绕地球一圈自转也刚好一圈,因此用地球目光看,月球是永远不转的,近日点也永远不变,月陆物质只好从背面涌出。"

"你真了不起,正如宋司令员说过的:千古第一人!"我衷心赞叹。

"谢谢,不过别让宋雨打搅我们。你刚才提到了太阳。对,它是地球的主宰。太阳一直在跟 X 天体争夺地球,地球也曾经在太阳和 X 天体的撕扯中顽强地孕育自身,直到 X 天体远去,地球才倒向太阳。不过这时的地球,已经是个脱胎而出的成形的地球了。它们三者之间的争夺史,造成地球表面一个**绝对绝对美妙**的现象:所有的大陆(除南极),都呈**倒立三角形**! 这个现象迷惑着也苦恼着人类,几百年来,人们作出无数猜测,至今无人能够正确解释。我们再回头看一看世界地形图(图三),大陆物质从北极口涌出后,先围绕在北极地区附近,然后在 X 天体引力作用下朝南流去。尚未凝固的陆块定向流动时,自然是大头朝上(北),锐角朝下(南),这就造成了欧亚大陆、北美大陆、非洲大陆的倒三角形状。不过,到赤道附近后,情况发生变化。太阳在地球近日线一带造成的引力最大,地球自转所产生的离心力也在近日线一带最大。太阳引力和地球的离心力合作起来,抵消了相当一部分 X 天体的南向引力,使得大陆物质在赤道一带相对延缓、迟疑不前。可是北方的大陆群仍在挤推它们,南方的 X 天体仍在吸引它们,它们想停也停不住。只像等待后援一样休整了一下,又继续南进。它们终于越过赤道地区后,太阳引力和地球离心力大大减弱,大陆物质就以前所未有的速度直奔南极,你看南美洲南部的阿根廷和智利,简直像一把尖刀直插南极,多么迫不及待! 它们的前锋部队,已沿着南设得兰群岛和南极半岛,断断续续地抵达南极了。所以,大陆物质在赤道附近形成第二组倒立三角形:南美洲、大洋洲,也可以算上非洲。"

我胆怯地表示一点小小疑惑:"大洋洲的形状好像不够明显……"

孟中天哈哈笑着,把地形图倒过来,上南下北,让我再看,我才发觉原来是角度不同,大洋洲这时呈现出倒立三角形状。如此看来,当世界地形图按常规摆放时,大洋洲是个正三角形:大头朝南,锐角朝北。难道它逆全球大潮而动,不肯往南去,偏要往北来吗?

"大洋洲是个立场不够坚定的家伙,长期徘徊于南北之间。其实又何止于它呢,任何一块大陆一旦产生,就获得了独自生命和内在力量。和人一样,大陆块也既渴望合群又渴望反叛。当全球陆块相继南去时,大洋洲确确实实**北移**了。请你想象一下:地球上的全部大陆加在一起有多重?"

"不可思议……"

"当这些不可思议的重量,涌出北极来到地表后,就大大改变了原始地表的均衡,它们沉重地长久地压迫着地壳,在地球表层造成一系列惊人的重力异常区,也即:布格重力异常。其异常幅度残留至今天仍达四百毫伽以上。地表未被大陆物质覆盖的区域,也即大洋区,由于承受长久的巨大的重力异常,开始下陷。大陆的压迫和大洋的下陷,使地球收缩,并从北极口吐出更多的大陆物质,这些不断吐出的大陆物质来到原始地表,更加重了大陆对地表的压迫和大洋的陷落,如此循环往复。尤其是原始太平洋地区,它拥有全球最大的面积,也承受比其他大洋区大得多的重力异常,从而成了地表最薄弱的部分,最容易发生剧烈下降。每次地球内部岩浆大规模涌出,太平洋中部洋底就会大规模陷落。呵……这种难以想象的陷落,一次又一次,创造了地球上最大的太平洋,也是平均水深最深的大洋。太平洋的出现,又牵制着四周流淌的大陆物质,使它们缓慢地滑向太平洋。于是,全球大陆在普遍南去的趋向下,又增加了一个崭新的、更加活跃的趋向:**环太平洋大陆向太平洋中心运动**。现在,我再次请你品味世界地形图(图三),地球上的大陆不正在伸开臂膀拥抱太平洋吗?亲密得犹如橘子皮拥抱橘子瓤儿。让我们简略地总结一下。

"第一,地质时期,地球南方的宇宙空间里有一个巨大天体。

"第二,硅铝物质从北极口涌出并形成始大陆。

"第三,大陆的最基本走向是两个:向南迁移和向洋迁移。

"大洋洲已跑到南纬40度了,这时,形成了的太平洋在呼唤它,它无法控制自己的巨大身躯,只好朝低于它的太平洋滑去。形状由倒立三角变得像正立三角了。X天体越是远离,大陆们向洋迁移的劲头越是大于向南迁移的惯性。激光观测证明,大洋洲正以每年十厘米的速度向太平洋漂移,日本列岛的位置也比明治初年向东南方偏移了五六百米,南北美洲则同时以每年五点八厘米的速度向太平洋中心靠拢……也就是说,它们把太平洋拥抱得越来越紧了,太平洋在缩小,至今在继续缩小中。至于太平洋洋底下陷,你翻开任何一本地质杂志都可以找到证实,发现者甚多。但是这些发现者从没有正确解释过自己所发现的东西。原因么,我前头已经说过了。"

孟中天再度注视暗处的毛泽东塑像们,从左望到右,又从右望到左,默不作声。我察觉到他有个怪异习性,他内心深处和这些塑像们密不可分。这群一动不动的塑像们,似有某种神秘力量在支持他左右他。比如:每当他激动诉说难以自持的时候,只要一望塑像,言语就戛然而止,面色就平静下来,再度开口时又泰然自若了。这种奇妙更新状态的本领,让我憬然心惊。

孟中天注视我:"在你面前坐着的人,像不像疯子?"

"不!……不。"我嗫嚅着。

"即使你说像,也不要紧。在控诉我的材料中,多处指出我'疯狂'、'歇斯底里'等等。医院检查也说我有轻度神经错乱,不过他们没有把握,因为精神病和正常人的区别是很含糊的。我却有这个把握:我不是疯子! 我的神经系统高度坚强,但是我距离疯狂只有半步。你应该理解,七八年来,我独自居住在这幢楼里,意外地获得巨大发现,这些发现如果能成立的话,将是整个地学界有史以来最惊人的创见! 还要深刻地改变天文学、地质学、海洋学、生物学、物理学、气象学、矿物学、灾变学等等许多学科的结构,以及它们的研究内容。这种超级创见自然给我造成超级兴奋,有段时间我完全被吓住了,确确实实感到恐惧,世界一下撕去帷幕,我在毫无思想准备时突然看见它的原始面目。你说,我的精神受得了吗?我差一点就崩溃了。我之所以没有崩溃,是因为我自己一次次讥笑自己、打击自己:荒唐,不可能,偶然相符等等。为解脱自己的妄想,我不得不大量阅读各种书籍,阅读的结果,他们的学说反而在证实我的妄想,他们所掌握的无数地质现象恰恰在完善我的理论,而不是他们的学说。我非常渴望和他们面对面论争,渴望被他们反驳,渴望激烈地彻底地摊牌。但是我无人诉说,既没有赞同,也没有反对,还没有质疑。孤独至极,只有面对地球和他们。(再度注视毛泽东塑像们)你是一个军人,应该理解,真正军人的痛苦是丧失了敌人。我就得不到我的敌对者!我渴望整个地质学界纠集各个学科一齐反对我,从而得出结论:正确或者荒谬,那时我才会平静。如果一个人到死都不知道自己的思想是正确还是错误,是真的还是假的,岂不太痛苦太残酷了么?"

孟中天终于流下眼泪。

我也泪眼模糊,体会到死不瞑目意味着什么。人,为什么会死不瞑目。

"我经常像凝固的岩浆,整天整夜地坐在世界地图面前,不吃不喝,观看它们神秘而美妙的形态,揣摩它们的暗示和种种被禁锢的欲望,回顾它们在运行中被肢解被隆起的历史。大陆周围留下这么多碎片。黑暗的洋底里有全球最大的山脉——大洋中脊,长八万公里。炽热的硅铝物质以弧状波形态进行塑性流动。地球的最高山峰陷入地心再度融化。不同趋向的力造成深层挤压和断裂……世界上最复杂最生动的现象就是大地现象。地质时期所有的力,都保存在大地内部。大地是不说话的,我必须化做硅铝物质去感受它。尽管人类把大地踩在脚下,自以为是它的主宰,其实只是古老岩石上的苔藓。一切森林、领袖、昆虫,一切真理、荣誉、思想,在大地面前统统是尘土,也确实是从尘土中滋生出来的,最终还要归于尘土。不过,人势必要体现大地的某些精神,人和大地有着无法解释的、非常神秘的默契。比如,所有的地图都是上北下南左西右东,为什么?为什么就不能南极在上北极在下?就表现地貌的功能来看,完全一样。可是人们偏偏把北极放在上头,全人类也承认这种绘制方位,没有人以为是错误,也没有人证实不是错误。人类无意识地顺应了大地的脉络:上北下南。还有,人类民族差异之大有目共睹,如果深入研究他们脚下的土壤,会发现人种和陆块的一致性,大地有它的密码,必然遗传到它的子孙身上。"

孟中天述说了六个小时,后来我们又沉默了一个多小时,静静地望着墙上的巨幅世界地形图。

我开始用一种新的目光观察世界地形,深深地被诡谲奥妙的图案感动。孟中天给了我一种理解世界的方法,我随便瞟向哪里都觉得是享受。有生以来,我没有遇到过今天这样强烈的震撼,仿佛有人端坐在另一个天体上,以吞吐宇宙抚弄星云的气势,凝重地叙述史前的一切,他背后,跟随着全部大陆和海洋。这个人,命中注定要开辟一个时代,瓦解大批经营百年的理论与构想。我多么幸运而且陶醉,因为我正坐在这个人面前,是世上第一个倾听创见的人。

"你的理论命名了吗?"

"没有。"

"今后你准备怎么办?"

"让它面向世界。要用它为基本指导,重新解释海洋、陆架、岛弧、地震成因、造山运动等等,首先要从地学界若干个争论不休的疑难命题开始。任何理论,最终必须能够指导实践,改变世界及人类自身,才会被承认被接纳。这需要非常大量的研究……"

"我愿意帮助你,做什么都行,制图找资料我都在行。还有一些朋友,他们在大学,在研究所。我可以请他们帮你把理论推出去。"

"非常感谢。但是,会给你带来麻烦的。"

"那些麻烦不能跟这件事的意义相比。"

"感谢你的理解。"

"我还想问问你,外界的传闻是真的吗?"

我把所听到的一切关于他的恶迹全部说出,包括有关命案审讯、男女关系方面的事。在我叙述时,孟中天的下巴不停地颤抖,眼睛又转向石膏塑像,目光内混杂着哀怨、阴毒的神情,仿佛忍受剧痛般倾听着,一次也没打断我。

我说完了,等待他回答。

孟中天转过脸,镇定地望着我:"基本属实。"

"你……你……"我再度被震撼,一时竟难以措辞。

"我承认,我不是正常意义上的好人。不过,这个世界是由好人和坏人共同创造的。历史对人的评价,不是依据他好或坏,而是依据他创造了多少。我的政治生命早已结束,我无法使死去的人复活,也无法把贞洁重新还给女人。这些问题我考虑过一千次了,我只有一个选择:在我有生之年,彻底解开地表的奥秘。我想,这比一千个人的性命,一千个女性的贞洁都更贵重,这就是我的补偿。但我又不是为补偿罪过而工作,那只是个很渺小很美好的感情。我工作是为了完成我的使命。"孟中天冷冷地微笑着,"现在,你还愿意帮助我吗?"

我也冷冷地与他对视:"即使你是个杀人犯,我也要帮助你。我想你会明白,我所帮助的并不是你,而是你的理论。"

"我接受帮助。"

8

现在,我倒感到悲怆了。孟中天精神世界里,有那么多与我格格不入、甚至丑陋凶恶的东西,但他偏偏占有光芒四射的猜想,这猜想开天辟地,横扫古今。我愿意为他的猜想而献身,因为那是人类智慧的奇异结晶,一经证实必将改变全球认识。可我又不愿意支持这样一种人的人品。我真希望他死去而只把猜想留下。我所表示的:帮助他的理论而不帮助他,纯属自我宽慰,怎么能把一个人的思想从他身心上剥离开呢? 如果他的猜想是伟大的,人们肯定称颂他是伟大的人,否则不会有伟大的猜想。我苦恼至极,竟有些痛恨起来。后来的几天里,我见到孟中天就迅速避开,不与他交谈。孟中天呢,也平静地做他自己的事,不主动开口。我想,他对我这类人以及我的内心,早就看得很透了。

我给女朋友韩小娓挂电话,约她见面,她是某大学地质系研究生,兼修世界经济地理专业。我非常乐意调到大军区来工作,主要是为了靠近她。我在电话里告诉她:"你来吧,我们谈谈大陆变迁。"

她哧哧笑着:"你懂什么大陆变迁,胡乱糟蹋我们专业词汇。只要你不变迁就行了。"

我们在大院西南角赏心亭见面,欢洽一阵之后,我说:"我最近有一个奇怪的设想,地球表面大陆,是从北向南推移的。"

小妮撇着嘴角:"读书读出毛病来了,别把我们地质学和你的军事地形学弄在一块儿。"

于是,我从那只陶罐谈起,谈到它和全球地貌的相似,谈到南、北极的反对称现象,谈到 X 天体,硅铝物质向南及向洋运动,火星与地球的共同表层,每块大陆蕴藏的古老的力,大洋洋底陷落与中脊的隆起,岛弧及大陆架予以的暗示……所不同的是,我将孟中天的构想全部当做我的理论。在叙述时,我发现这些构想已经深深浸润我内心了,我侃侃而谈,有条有理,还加以独到的发挥(比如,我们此刻所站立的古长江冲积平原,它是深部的大陆架基础),不啻是一次美妙享受。我还隐约感到,真正具有真理价值的思想,实际上很容易被人们掌握,绝没有我们所厌烦的深奥姿态,它的核心仿佛就潜藏在我们身体深部,呼之即出。复述是一种再度消化,以至于我产生幻觉,这些构想原本就是我的,现在不过是借我的口说出深层的我罢了。

起先,小娓浑不为意,她以为我又在编撰一个趣谈,她准备为结尾的妙味哈哈大笑。可是她听着听着,便化做一只泥雕娃娃了,两眼睁得极大,使我想起晶莹的北冰洋,薄施唇膏的小口张得又圆又嫩。有好几次,她眼睫激烈地闪动,想叫出声,都被我随之而出的见解生生堵了回去,她不舍得或者是不敢遗漏我的只言片语。她差不多成了只绷得很紧的气球,一碰就炸。我最后一句话异常沉着:"……这仅仅是个猜想罢了。"

小娓猛地扑进我怀里,热烈地吻我的口、腮、眼、额,紧身毛衣下的柔软躯体透出火热韵味,迷人的异性气息使我晕眩。

坦率地说,小娓从来没有这般彻底地被我征服过。我占有过她的肉体,但她没有交出过她的精神,在结婚问题上从不许诺,总是叹息,显然对我有不满意处。然而今天她却如此痴狂!

我开始明白,为什么孟中天对异性有那么大的魅力。我仅仅窃得了他的一点儿才智,就把韩小娓颠倒成这样。我嫉恨而且悲伤,为什么上天把整个男性的优越都集中到一个人身上。

小娓抱吻的不是我。我轻柔、坚定地推开她:"旁边有人。"

小娓娇喘微微:"有人怕什么?"

"这是军营。"

"军人更应该是男人!"

"现在你说说,这个猜想有价值吗?"

小娓再次激动了:"啊,我差点死在你面前。你的目光非常奇特,又非常符合地表的奇特。我来不及想,只觉得目前地质研究中许多问题,用这种目光一看,就根本不是问题。它最了不起处是把大陆扩散与全球构造融会贯通,宏观地理解!翻动地壳!你一开始就站在陆地的源头,这就比目前所有学说走得更远,他们——不,我所学的一切都在大陆生成之后,细碎实用。地学界各家学说争执不已,为什么?因为各派学说能解释这种现象,就解释不了那种现象,可是在无数现象之上有一个大现象。如果你的猜想能站得住……天呵,我简直不敢往下想,你会砸掉几千个老头子的饭碗!他们之中相当多数吃了一辈子'板块'!哦,我真该来当你的研究生,我愿意全世界女人都嫁给你!你再往下说啊,说啊!我知道,思维到了这一步是根本停不住的,你肯定还有很多想法,何况你对地貌并不陌生,肯定有深入思考,你的理论的前景太广阔了,只要给资料给图谱,就可以解释任何地表的复杂力向组合。喂,你听到没有?你接着往下说。"

"难道就没有什么疑问吗?"

"你猛地抛出来个新大陆,叫我怎么反驳呢?……不光我,我想地质界也很难反驳,因为他们的总体构架也是个猜想。你只有拿出去,看谁能最大程度地被地表证实。要说疑问嘛,你刚才谈到我们脚下的冲积平原,还有它的成因和深层基础……好像恰恰不符合你的理论。你的根据全球都是,犯不着挑这块冲积平原,不过这是个小毛病。你接着往下说。"

我蒙受着耻辱,镇定地道:"除了这个小毛病是我的,其余理论都不是我的。"

韩小娓愕然注视我,喃喃地:"是嘛……原本不像你。太惊人了。那么,是谁的理论?"

"孟中天。"

"从来没听说这个人。"

"他不是地学界的,甚至不是科学研究人员,你当然不会听说。"

"他是干什么的?"

"军人。官场上的败将,从政不成,沦落到废品堆里,等候处理。"

"带我去见见他。"

我和小娓走向老楼。估计孟中天正在楼下仓库,我敲敲那扇包着铁皮的门。小娓恐惧地抓紧我,细声道:"这里真压抑……"

门开了。孟中天望着我们,不做声。

我介绍道:"她是我的朋友,韩小娓。研究生,世界经济地理专业。想和你聊聊。"

"世界经济地理?……是一门边缘学科吧,跨越地理和经济的新学科。"

"听!人家比你懂得多。"小娓掠我一眼,故作潇洒,"不过我以前学过地质。"

"太好了!"孟中天两眼生光,请我们进屋。

小娓刚进去就定身惊叫:"啊!……这么多,哪儿弄来的?"她看见满满一库房的毛泽东塑像。

"当年遗留的。"孟中天回答,"现在没人要它了。"

"没人要?待会儿我走时要一个,行吗?"

"要多少都行。不过它不是装饰品。我希望人们对他有真正的理解。"

"我会努力理解。"

"那么,过会儿我帮你挑选一尊。我知道哪一尊塑像成功体现了毛泽东的独特精神。"孟中天思索片刻,"有一位地质学专家,名叫韩子午,子午线的子午。"

"你认识他吗?"小娓追问。

"不认识。我读过他的《平移断裂构造学》和《地壳应力场》,扉页上有他的照片。"

"那是他年轻时的照片。"

"韩老是你什么人?"

"你的观察确实出色……他是我父亲。"

"我可以见到他吗?"孟中天迫不及待。

"去世九年了。"

"遗憾!"

听吧,不是悲伤,不是惋惜,而是"遗憾"。我知道,孟中天为什么遗憾。

我打破沉默:"老孟,把你的理论跟小娓谈谈吧,如果她能通过,半个地学界就会知道你。她的能量大得很,而且她不会盲目附和。"

"我先要感谢你们二位,还要感谢韩子午先生。当然啦,我要谈的……我不知道从哪里谈起。谈论学术问题,是不是有一个大概程序? ……比如先谈疑难问题,后谈观点? ……或者你们问我回答?"

我和小娓笑起来。看来孟中天虽然经受过许多政治风浪,但是在学术场合毫无经验。

"我叫小胡弄点水来。"孟中天窘迫了。

"噢不不,等会儿我来弄。"我拦住孟中天,不愿让那个烧焦了脸的人惊吓了小娓。

孟中天迅速恢复镇定——刚才他目光掠过毛泽东塑像,口齿清晰地对小娓说:"我想,开头部分苏冰同志可能跟你谈过了,我相信他的复述能力。我不再重复。我们沿着那个构想接下去谈。首先谈地壳的波状运动与弧形构造,这是大陆物质开始冷却时最主要的特征。"

"慢一点。"小娓指着屏风后面,"那张台子上都是文稿吗?"

"是的。主要观点和主要论据全在上面,不过它远远没有完成。"

"让我直接看文稿行吗?口头叙述损耗得太多。我一边看一边就能思考!"

"非常正确!千年文字会说话……"

孟中天欣喜中不慎失口,闪射出他在政治较量中的格言。他立刻闭嘴,把我和小娓领到屏风后面,简单介绍了一下分类,然后,理解地退出了,将这座仓库和他的全部积累交给我们。轻轻地关上门。

"我也要离开吗?"

"你别走,不过你也别跟我说话!就是我嚷起来了,摔东西了,你也别理我。听见了吗?呀,地球是一座超级火山!多好的开篇……"小娓埋首读下去。

我坐到角落一张行军床上,静静欣赏她的身姿容貌,接着胡思乱想一阵后,昏昏睡去。

醒来时我感到惊慌,待看清四周和小娓,方才心定。我大概睡了三小时,颇觉难堪,我走近小娓,见她双臂压在文稿上哽咽不止。

"你怎么啦?"我大感不解,难道学术文稿能催人泪下吗?

"我在想父亲,"小娓拭泪,"你知道我非常爱他。他也是地学界巨擘。他在晚年,曾经考虑过全球大陆可能有一个统一的来源,他确实这么想过,和孟中天的某些观点非常近似。但是父亲不敢立论,因为他在地球上找不到动力来源。孟中天找到了,就是 X 天体。其实又不是找到的,而是创造出的一个猜想。"

我难受极了。

"遗憾吧?又岂止遗憾呢。这篇文稿里,几乎所有的地貌现象、数据、图片、实验报告、观察记录,都是别人的。好多是直接引自父亲和刘伯伯的著作。他们当年为获取这些资料,真是披肝沥胆,跋山涉水,几乎送命。孟中天用到自己文稿里来了,重新解释了它们,因为父亲和刘伯伯解释不了,或者是解释得不对。科学真无情,让我们终生耕耘,让他去收获!……他用来反驳父亲的东西,恰恰是父亲自己发现的东西。他用来驳斥刘伯伯的根据,又恰恰是刘伯伯论文里的根据。我不明白,他为什么如此绝情!比如说,你不同意我父亲,完全可以用另外人的成果来反驳他。可是他不,他非用你来证实你错,我真不明白这种心理状态。但这些都是另外领域里的精神现象,与地学无关,他这样做反可以强化文稿的论战风格,迅速征服读者。我矛盾极了,痛苦极了。一方面不得不赞叹他的卓越见解,一方面还得看父亲被瓦解,在流血……"

"他的理论到底能否成立?"我克制住愤怒。

"当然成立!至于地学界能否接受,我难以预料。也许明天,也许十年,也许下个世纪,他才能被承认。因为他的设想有划时代的意义,不像发明魔方那样立刻风靡全球。科学史上有些创见,越是卓越也就越埋没得久。同样,要证实它荒谬,也需要几百年时间。用地质尺度衡量,几百年太短了。"

"那你为什么现在就说他成立?"

"因为我是凡人,而他是天才!我的全部知识不足以对他质疑,我父亲和刘伯伯加在一起,恐怕也不如他有力。唉,父亲当年要是把他的设想推进一步,或者半步,就必然越出地球到宇宙空间找原因,那就没有孟中天之类了,可惜父亲命中注定迈不出最后半步。明白了吧,这就是天才和人才的区别。他们在研究深度上差别非常小——半步,在创造精神上差别非常大。孟中天敢编出一个看不到的天体,父亲敢吗?谁又能够否定一个看不到的天体?于是问题重新回到地球上来,孟中天居然在地球上寻找 X 天体的存在。这实际上是逆推理。看起来不太复杂,但在科研领域中,就像漫天雨点往下掉,其中一个却向上飞那样罕见!这个雨点是失常的,它非有点疯狂精神不可。疯狂——与科学精神完全相悖。奇妙的是:科学的进步,又离不开与之相悖的东西的刺激。天才科学家,比其他科学家所多的,就是那一点与科学相悖的东西。"

我被小娓的谈吐迷惑住了:"你从来没有像今天这样动人……"

小娓笑了:"受刺激的结果呗。越是刺激我,我就越是有魅力——全校公认!我问你,你以为我会爱上他,是吧?说实话!"

"是的。"

"告诉你,我不会爱上他,也不会爱上类似他的人。爱天才,是女人的悲剧。而且他那样的人,肯定爱整个女性却不会始终爱一个女性。你看那文稿:取天下为己用,又弃天下为己用,简直该千刀万剐!我先警告你:我们帮助他成名,千万休想沾得点好处。

相反,要有点陪他倒霉的准备!"

"怎么,我们还帮助他?"

"帮!全心全意地帮助他。他的构想属于人类,上帝不过是借他做个容器罢了。再说我们不帮,自有人会拥上来帮。让那些心胸狭窄图谋私利的人去帮他,倒不如你我两个情男怨女去帮他。"

"你真是个小圣母!"

我抱起小娓倒在床上,开始我们的私生活。

9

韩小娓把文稿带给父亲的学生、省科学院地质研究所所长潘墨博士。潘博士连夜读完,大加赞赏,连呼:"奇才奇才!"他翌日告诉小娓:文稿已超出一般博士论文水平,其构想的价值更难以估价。他准备调集力量,成立一个新的研究室,专门研究孟中天构想,他将直接掌握并推动对"构想"的研究。可能的话,以特邀研究员名义将孟中天从军队中调出。小娓向他指出:要考虑到地学界权威们的态度。潘博士认为:"不能等他们表态。只有尽快把'构想'推出来,引起轩然大波后,才能迫使人们正视,事情反而好办些。在此之前,应做两件事:第一,协助孟中天完成论著,删除猜测色彩,保留猜想精神,丰富资料,完善论点,使文稿学术化;第二,对内部相对保密,对外界绝对保密。孟的理论暂定名'孟氏构想',内容不准外泄。我们从本届世界地质年会上得知:英国布伦斯基教授主持的地质研究所,已经将地壳研究和宇宙生成研究合并起来了,你知道这意味着什么。还有,协助孟中天工作的人不能伤害他的始发状态,最好仍使他保持习惯的心理环境,这样,他的创造力会自然喷涌。具备天才和发挥天才是两回事,天才有时非常娇嫩,稍一触摸,他内心的天才就会死去。哦,我快成保姆了。我半生已过,一事无成。这件事,也许是我毕生中最有意义的事,也许是最荒唐的事。不过,我嗅到了熟悉的气味,刺激我非干一场不可。"

沉寂多年的老楼,渐渐被人注意。

我下班回来,经常看见楼前老桉树下,停着小轿车,或者是越野车,摩托车。它们一律悬挂地方牌号。军区大院连外单位军车都要登记出入,这些频繁出现的地方车辆,引起机关干部不少猜疑,孟中天的"仓库"已经变成研究室了,各色图谱、标本、照片四处散置,地质所两个年轻的助理研究员每天来此一趟。我全部业余时间,都用在制图画表上了。小妮则在四处活动,力邀全国各地的地学界权威人士,前来参加下月召开的孟中天报告会。省科学院已和军区高层领导协商过了,军区最终态度是:对孟中天的研究工作,军区既不干涉也不支持,凡进出大院找孟中天的车辆人员,概不阻拦。对机关干部的种种猜疑,概不解释。

大院里的人们,都知道西南角的老楼里正在发生着什么,又都不知道发生的是什么。

于是,我就成了焦点。不管认识不认识的人,见了我总要含蓄地问及孟中天,顺便忆几句以往。我才发现:尽管孟中天蜗居八年,机关干部也已更新了近一半,大院里的人们仍然全知道他。

我遇到一件极不痛快的事。

处长把我叫进他的办公室,告诉我,我所制订的"炮群抗登陆学习预案"被部里退回来,责令重搞。处长批评我战术背景粗糙,敌情设置过于简单,对通讯联络也没作出限定……全都是不应有的疏忽。处长问我究竟出了什么事?我回答,时间紧张。处长锋利地说:希望你摆脱孟中天。

"预案"不让我弄了,由处长接过去,他派我去了解一件棘手的事故。而这件事故的始末,部长早已从侧面掌握了。派我去,完全是多余的任务。

我在外面奔波了一天,傍晚回到老楼。

孟中天肯定从我脸上看出迹象,但他什么也没有说。这天晚上,我们工作得很不顺手,"塑性流动"的图示几次返工,孟中天也发生思维障碍,在屋内踱来踱去。

过了一会儿,孟中天抱来一尊半尺多高的毛泽东塑像,那是他曾经答应送给小娓的。他说:"看看他的眼睛!"

我观察这尊塑像,发现他的目光是朝下看的。

"所有的主席塑像,不,所有的领袖塑像,包括马恩列斯,目光都是正视远方,呈水平略微偏上。惟独这一尊是注视下方,俯视着大地和人民。你有什么感受?"

"啊,太像他了。"我陷入思索。

"因此,其他全是偶像,这一尊是人像。"

孟中天把塑像放回木架,啪地关掉屋内大灯,然后坐到我面前,调暗台灯的光度,使我们处于暗淡柔和的氛围中,说:"今天不工作了,我们谈点别的。从我第一次接触你开始,我就想帮助你。谁料后来却是你帮助我了。"

"你能帮助我干什么?"

"帮助你在高级机关生存发展。我清楚你的素质,你是值得帮助的人。"

"做官?"我故意尖刻。

"如果合适于你,为什么不做?好啦,我们别在一些双方都理解的问题上纠缠了。我刚才所说的生存发展,也不限于做官掌权,范围要广阔得多。"

"你怎么帮助我呢?"

"我认识很多人,从军区领导到各部参谋。好些人至今仍和我有联系……"

我打断他:"不必,我不想走这类门路!"

"我也不想帮你走门路。你听我说。我在团里当参谋时,就被团长当做'图库',我到军区工作后,又成了宋雨同志的'图库'。当然不是地图。我认识很多人,甚至从未见过的人我也认识,他们的历史、个性、质量、关系网络等等。我还知道很多事,以及这些事和各种人的渊源。我还掌握很多问题,各级各部苦思不解的问题。简单地说,在我脑子里有很多很多资料,这些资料对任何人都极为宝贵!我曾经在别人那里取用过无数地质资料,你为什么不能取用我的资料呢?而且,我仅仅提供资料,帮助你看清周围的人,以及人背后的人。至于怎样理解资料和使用资料,完全是你的事。我不提供观点和结论。"

我不知所措,好奇与欲望在胸中涌动,我死死地盯住他。

"我犹豫了很久,因为这样做对你有危险。首先,你可能消化不了,压垮你的神经,营养太多反而损害健康;第二,你可能错误运用,把人参当萝卜煮,结果煮出来的味道,连萝卜也不如;第三,既然是出自我口,不免地要带进我的视角和理解,你必须要有力量和我保持距离——在精神上和立场上。第四最容易做到,就是保密,永远别提到我。你衡量一下,如果你认为自己行,我就说。如果不行,咱们就各尽天命:继续工作。"

"你下结论吧。你认为我行不行?"我豪气大增。

孟中天略带讥意地微笑:"没有人说自己不行。你愿意冒险,我就供给你险境吧。"

孟中天先从我所在的炮兵部说起,将深孚众望的陈部长放到司令部十几个部、局长的群体中比较,分析他的优劣短长。又介绍陈部长是怎样升上来的,他和哪位军区首长最为默契,他的助手及下属处长们的当年情况。……帷幕扯开,大院内的重要角色一个个登场,孟中天如数家珍,详尽地叙述他们的个性、好恶、相互关系和大量秘闻轶事。我视野大开,忽然跃入一种新的境界,在这种境界里,我不为人知地俯视着他们,我看见他们手里抓着的每张牌,而我立于牌场之外,每个人的技巧与失误,统统在我眼内,他们再也不那么神秘了。

孟中天一反昔日冷峻含蓄,变得异常幽默,他描绘人事的本领堪称天下一品,甚至比他描绘地貌的本领还要卓越。我完全明白,只有深刻理解人心的人才可能如此描绘人事。孟中天蜗居八年,痛定思痛,神游于渊,身枯如木,竟然将人间与大地沟通起来。人间所埋藏的各种欲望、门派、关系等等,和大地所埋藏的各种力向、裂隙、脉络等等,惊人地相互对应!就连许多地学词汇,他也直接用于人际。比如:山头、支撑点、核心部位、侵入、弯曲、裂痕、覆盖、陷落、悬挂、波状运动、持衡补偿、薄弱层和异常区等等。

这是我和孟中天相处的第二个不眠之夜。上一次,他翻动地壳给予我巨大的震撼和享受。

这一次,他又翻动大院让我欣赏,不着痕迹地更新我。许多人在被更新中感到痛楚,而我在被更新中感到快活。

孟中天似乎进入微醺状态,两眼湿润发亮,面容热情洋溢,不时起身做各种手势,显然也沉浸在某种疏阔已久的喜悦中了。

我们每次畅谈之后,都有一阵久久的沉默,谁也不望谁,内心更加激动,犹如岩浆在胸内奔涌,但不喷出地表。直到相互地微笑。

孟中天开始询问我的工作情况,过去他从不问。

我把今天那件极不痛快的事告诉他,顺便叙述了所发生的事故:

部属单位有一个年轻参谋,品学俱佳,业务优秀。可是家庭生活不幸,已有外遇,妻子浑然不知。三天前,参谋外出执行任务,归途中绕到情人宿舍去了。就在火车站附近,住了一夜。凌晨匆忙往回赶,为了争取时间,他想爬乘运行中的列车,结果被卷进车轮碾死了。

孟中天惋惜一声,问:"他妻子知道他死前的那一夜怎么过的吗?"

"一点不知道。"

"你们部长却知道,对吗?"

"我想他已经知道了。"

"你准备怎么写调查报告?"

"如实汇报。"

孟中天欲言又止,轻微地摇头。

我问:"如果是你,你准备怎样写报告?"

"删去他幽会的内容,就说他是在执行任务中,为争取时间爬乘列车牺牲的。只有这样,这位同志才能得到烈士的待遇,死者的妻子才会少些痛苦。还有那位情人,才不会暴露在光天化日之下,被人责骂,他们可能是真心相爱。死者已经死去,一切要为活着的人着想。死者又是你们部属人员,你们有责任,但你们不难堪了。"

"部长可能掌握真实情况!"

"他告诉过你吗?"

"一点不露。"

"那他就是在暗示自己不知道。报告是你写,你是惟一有权解释这件事的人。"

"万一部长把报告打回来……"

"你应该理解部长内心,你给他提供了另一种选择角度,剩下的事该由他决定。最重要的是:你还要准备为这件事承担责任,因为去调查的是你,不是部长。我过去做过的许多事,你以为全是上头有明确指示我才做的吗? 不……复杂的意向往往不明确,甚至完全不予指示。全看你理解。一旦公开,仍然全由你承担责任。你不能有丝毫推诿。"

"我明白了。"

第二天,我把报告写好交给部长,部长迅速阅完,即叫秘书上报。对我没有任何表示。

我回来把情况告知孟中天。他淡淡地说:"到底是部长啊……你不能要求他马上报答你,他已经认识你了。"

以后,每当我们工作累了,孟中天就停下来,叙说他脑库里的

"资料",换换心,用这类话题代替休息。我也经常把机关的最新见闻告诉他,他极有兴味地听着,并不多作评论。我们乐此不疲,以至于往往忘了工作。孟中天多次表示:此生将以大地为终结,永不涉足官场。我越发敬重他了。

10

地质研究所主办的"大陆生成学术讨论会",在一间大型阶梯教学厅里举行。韩小娓奔波邀请的人士中,只有半数到会,许多人是拿到孟中天论文后托词不来的。到会的最重要的人物,就是小娓称作"刘伯伯"的刘以海教授,他抱病从医院赶来赴会,坐在临时置放的一排沙发中间。在他两旁分别坐着省地质局和科学院的老专家及著名研究员,就阵容来看,已经令人肃然起敬了。何况,会议开始后,又陆续赶来些在地学研究中颇为活跃的学者,他们是听说刘老到会才奔来的,估计是想借此机会求教刘老,而并非重视孟中天的报告。到会最多的是中青年地质工作者和大学地质系研究生们,他们交头接耳,窃窃私语,"孟氏构想"早引起他们极大兴趣。

孟中天着一身军装走向讲台,激起微弱的喧哗,许多人没料到他是位军人。地质所一位年轻人操作着投影器。

孟中天开始宣读论文,大厅内顿时静寂。屏幕上陆续出现我制作的图片。孟中天的音色很适合于演说,他完全不看文稿,避免了公式感。他语言中有很强的造型力量,每次语意递进都刺激人们的想象。他的推理从来不"推"到尽头,约摸"推"到九分处便止步,把最后一分交给听众完成。在这种显赫场面下,新人常有的拘谨和不必要的恭敬,他一点也没有。他侃侃而谈,自信到了"舍我其谁"的地步。人们肯定不会注意他的内心状态,全被他的叙述吸引住了,并且非得聚精会神,才不至于被他的思维给抛下。但我注意到了,我熟悉他此刻神游何方,别看他面对千人谈吐挥洒,其实在他精神上绝无他们,只有他自己。面前的赫赫人物,他视而不见。我体会到一种微妙意境:孟中天越是目中无人,便越能诱惑人。

演说恰好一小时,在预定时间内结束。我们充分估计到了与会者的精神亢奋时限,若是再延长,他们可能会疲倦。孟中天聪明地采取了"支撑点"式的论文结构,充分表达了"构想"的若干关键部位,也即最具创造性的部位,其余俱隐在不言中,让听众去追踪、遐想。

掌声四起。最热烈的掌声来自后面,前排的掌声是礼貌性的。

刘以海教授只把压在拐杖上的手无声地摩挲了几下。

提问与答辩开始,大厅内又恢复寂静。这是我们不安的时刻,小娓靠拢我,神情紧张。人们都沉默着,原因很明显:后排人不愿僭越,率先发问。而前面的权威人物又统统稳坐不动,从他们的脸上几乎看不出丝毫态度。

孟中天呷了半口茶,面带微笑,手掌轻轻抚弄文稿。以巨大耐力忍受着沉默。

潘墨所长从听众席左侧起身,朝大家略微一躬腰,说:"我想做些补充。"转身又朝孟中天再躬腰,"我想做些补充。"孟中天和全体听众都为他的郑重态度惊奇。潘墨走上讲台,对操作投影器的人员示意,"请重视'K省弧形构造与镶嵌地块'图。"

屏幕闪现K省图案,图案上覆盖许多弧线。弧线与弧线交叉,将K省分割成许多碎片。

"请注意,按照孟中天的理论:K省正处在东亚向南弧形构造系前锋地带,又处在琉球向洋弧形构造西翼,两组弧形构造系在K省重叠、交会,造成了K省的复杂地貌。因此,它理所当然地成了体现孟中天理论的典型地块,我所正好掌握一些K省的地质资料,请大家观看,先出示K省已勘明矿藏图。"

投影器打出另一幅K省图案,上面没有任何弧线,只有十余处矿藏标志符号:铁矿、铝矿、钨矿、银矿……

潘墨大声道:"请将两图重叠!"

K省矿藏图慢慢朝K省"弧形构造与镶嵌地块"图靠拢,颤动一下,两图完全复合。

大厅里爆发出一失声惊叫。所有的矿藏符号,全部落在弧形线的密集交叉处。没有一个矿藏跑到交叉处以外的空白区去。

潘墨拿起标示杆,指点着图上没有矿藏符号但弧线仍密集交叉的地方,说:"这几处地区,会不会也有矿藏呢?我们询问了K省地质局,他们答复,就已勘察过的三处资料来看,有矿产,但品位低,储量小,无开采价值。关键是:有!而不是没有。现在,再请出示K省地震资料图。"

屏幕上出现新的K省图,上面散布着密密的地震震中区符号。

"这是K省有史可查的、八百年来地震情况。有两个特点:一、它们全部是中、浅层地震;二、它们全处在K省的东南一带。现在,请将两图重叠。"

地震图又滑向"弧形构造与镶嵌地块"图。人群中发出有控制的惊叫。所有震中符号,全部落在南向弯曲的弧形线上,形成一道宽阔的地震带。往其他方向弯曲的弧线地区,八百年来竟无一次地震发生。

"由于这种吻合太奇异了,为了不使孟中天过于激动,我们事先没有告知他。但是,我们却一直激动着,如何解释这种奇异的吻合呢?假如这是一种普遍现象的话,就意味着证实两点:第一,大地确有过向南及向海洋运动的历史;第二,新理论在地质研究与勘探中有巨大的使用价值。我补充完了。"潘墨再次鞠躬,走回座位。

大厅猛烈骚动了,许多人竟跑到屏幕前来,反复观看图片。四个人同时站出来要求发言,而我激动得听不清他们讲了什么……

讨论会结束时,气氛一边倒。几乎所有的发言人都赞同孟中天的理论,只有几人表示了微弱的质疑,我们准备的全部文稿被争抢一空,潘墨所长在听众的一致要求下,当场确定了下一次报告会的日期。

以刘以海教授为中心的前排人物,在戏剧性变化开始时,明显被触动了,但是仍无一人起身发言,并且将沉默保持到最后。

就冲着这种顽强,我也佩服他们。

11

"孟氏构想"的震动迅速扩大,四所大学地质系,九个省地质研究所来函来人邀请孟中天去讲学。孟中天当然全部拒绝了,新理论急需完整与深化。

但是地学界的著名人物迟迟不表态。最重要的刊物《地学研究》没有刊出孟中天的论文。刘以海教授仍住在医院,病榻上搁着孟中天的讲稿,固执地对来人说:"哦……我会做出判断的,我暂时死不了。你们不要逼我。"

出于许多原因,刘老不表态,潘墨所长的计划就难以顺利进行,孟中天就只能在老楼栖身,不能调进地质研究所从事终生的研究。

孟中天一次次安慰我:"等待吧。我以前怎么生活,以后还怎么生活。该来的总是会来。"

一天中午,小娓来到老楼,左臂戴着黑纱,面容疲乏,告诉我和孟中天:刘老凌晨4时去世了,遗体告别仪式下午举行,她要去参加,不能久待。刘老临死前有遗嘱,建议潘墨将孟中天调进地质研究所……

"他支持孟氏构想啦!"我说。

"没有。他至死没做判断。或者说,死亡使他避免了一次重大选择。"小娓儿欲落泪,匆匆离去。

我和孟中天呆立着。

过了许久,孟中天喃喃地道:"他比我强大……"

我不明白他的意思。我说:"咱们应该去参加仪式。"

"没有通知我们。"

"知道了就应该去。"

"是应该,但我不去。我的哀痛不会比任何一个去的人少!"

孟中天走开,我独自赶往医院。

下午4时,我参加告别仪式归来,看见老楼前面停着一辆"奔驰"280型轿车。我感到惊奇,从来没有这样级别的轿车在老楼前出现过。我走近些,更加惊奇了,车在缓缓驶离,车内坐着位老军人。

我直奔那间仓库,孟中天站在大幅世界地形图前沉思。

我问:"来的是宋雨吧?"

"不错。"

我不做声,心脏狂跳。我等他主动袒露。

孟中天从地图上收回目光,说:"这是他第二次亲自前来……

他接到中央军委指示,将赴××军区任司令员,限十五天到职。他只能带一人走,就是秘书。"

"他要你跟他去,去当他的秘书,是不是?"

"以秘书名义去,不一定当秘书。我已经不适于给首长当秘书了。"

"都一样!你答应了吗?"

孟中天点点头。

我几乎气得发疯:"你见了他就跟见了上帝一样。"

"不对!他没有命令我去,只是征求我的意见。我愿意跟他去。对不起,我只能告诉你这么多了。军委命令下达前,请你暂勿外传。"

"孟氏构想呢?"

"留在地壳上,谁也夺不去。但我,不再介入了。"

"哈哈哈……"我恶毒地笑了,"你极端自私,你向往权力,你取天下为己用,又弃天下为己用。"

"谁说的?"

"韩小娓。"

"精彩!女人的直感比男人好。唉,怎么跟你说呢?坦率地讲,我一直在等待这一天,我一直渴望回到那种生活与斗争中去,这渴望从来没有死灭。否则,我根本就不会有什么'孟氏构想'。我把压抑的热情转移到地壳上来,原来就是绝望中的迸发!没想到会获得今天这样的成功。我当然知道,把今天继续下去,我会获得什么。不过,我宁肯回到那种生活中再度失败,也不在这里寻找成功。至于你说的自私呀权力呀,并不对。那是我命定的生活境界,比权欲之类壮阔得多。我会把地壳上的全部发现,带进未来生活,再迸发一回!哦,只是不在这间房里了,那里也没有这样的库房……"孟中天惋惜了。

"你欺骗我们,什么'以大地为终生,永不涉足官场'……"

孟中天惊愕地看我,点点头:"我说过吗?要是说过,那肯定是真诚的。"孟中天真诚地说。

我跑出楼,要挂电话告诉小娓。

远处有辆吉普驶近,潘墨和小娓从车内下来,左臂上的黑纱尚未摘除。潘墨非常激动:"我刚接到军区党办电话,说他要走。怎么怎么?他不好跟领导讲,我去讲嘛。简直荒唐!孟的理论,价值超过一个集团军,怎么怎么?……"

我说:"他一直在期待今天。"

"他抛弃构想?"潘墨惊呼。

小娓冷冷地:"敢于抛弃,才是天才!"

"他言而无信?"

小娓又冷冷地:"大人者,言不必信,行不必果。"

潘墨一霎时苍老下去。随着苍老竟也冷静下来:"我们不能抛弃构想,它属于科学……"

小娓再冷冷地:"构想碰巧放在孟氏容器里。"

"奔驰"280几乎无声地驶来,停在老楼破旧台阶前,鸣笛催促。

孟中天着一身旧军装从楼里出来,身后跟着戴口罩的小胡。小胡迅速钻进车中。孟中天来到我们面前,言语平静如常:"刘老长眠在我心里,还有韩老。"

小娓道:"这句话我深信不疑。"

孟中天掏出一串钥匙递到我面前:"老楼全部属于你了!宋雨同意我带小胡走,他和我一起生活。"

我接过钥匙,无言。

孟中天走到车旁,打开车门,久久注视我们。忽然脱下军帽,深深一鞠躬。戴上军帽,有力地行个军礼。礼毕,低声说:"我想,我们都会成功。全部大陆都这么说过。"

1988年秋于南京太平门

接近于无限透明

1

李言之所长从医院里带话来,说他想见见我。

自从他患了不治之症之后,我忽然觉得他是个非常好非常好的人。而在此之前,我憎恶他,小心翼翼地憎恶他,不给人发现。其小心翼翼已到了这样一个程度:连我自己也差点把心中那种憎恶之情给忽略过去。现在,他快要死了,此事突然升华了我对他的感情,他像团棉花一样变得软和起来,非常温馨地胀满我心。现在,我知道,死亡对于人类是何等必需的了。不仅对于人类的生态调整是必需的,而且对于人类精神美化也是必需的,甚至对于满足人的忏悔欲望也是必需的。

他是在机关年度体检中给查出来的。那天我俩都笑呵呵地进了生化室,一位从衣服里头飘出法国香水味的女护士走过来,白皙的手上拈着根针管,眼睛里满是职业性无聊。她在我们手臂上各抽去了一小管血,注入器皿,什么也没说,而我们都意识到了她的无言即是一句语言:"走吧你们。"我们就走了。

当时他的血和我的血挨得那么近,看上去一管血几乎是另一管血的重复。我们都把此事忘了,直到医院通知他立刻入院,他才愕然道:"你们没搞错吗?"

我理解他那句话的意思是:会不会把我的病栽到他身上去了。我原谅他那句话,我俩血液确曾挨得那么近嘛。

那句话也无情地暴露出:人是渴望侥幸的动物。虽然他已是五十余岁的负责领导,应当具有相当强的理性了,但渴望侥幸的心理仍然深藏在他的下意识中。每当他不慎流露出来的时候,一刹那间他就像个惶恐的孩子,令人可怜又可爱。唉,我真希望他永远保持这样,为此,不惜把他永远存留在惶恐状态中。

我到医院去看他,事先酝酿了几天的情感竟没有用上。

他是一个我并不携带亲切、只执行看望的人。看看他,也是为了从他身上看看自己的末日之态,以使自己的余生更有质量些。也就是说,每接近一次死亡,我的生命都会再振奋一次。要是我把死都忘了,生也就变得十分木然。我憎恶木然甚于死。

去看他之前,我先看了几个曾经去看过他的人,想进入情况,想有一点心理铺垫。还有:我想使我的"看"和他们的"看"不一样。因为我不是、也绝不愿意是、甚至还不肯被迫是——他人的重复。

真有趣,他们的看望十分琐屑。每次有人看望归来,办公室就变成一株树冠,同事们都跟麻雀那样黏糊在一起,唧唧喳喳地,长吁短叹地,悲天悯人地,借他的不治之症来抒发自我感受。而他只不过是一个杰出的话题,使同事们情绪旺盛,使同事们竞相展示自己的杰出。他如同一颗露珠从这片叶片流淌到那片叶片上,滋润着叶脉,直至被蒸干。

"我老婆是学医的,她告诉我说,李所长那个病啊,顶多再有十年,医学上就能攻克。你说可惜不可惜?他死得太早了……"马上有人提醒那人,李所长还活着。那人点点头表示同意,也像表示宽容。

"还不如什么都不告诉他,让他蒙在鼓里。李所长那个性情,你们不知道,我知道。他如果心里没事,是个长寿的人,练练气功什么的,说不定就把病给化掉了。那位科主任竟然把化验单拿给他看,太不近人情了。职业冷酷。"

"不!科主任的做法是对的,是对李所长的信任和尊重。要是我得了那病,我不希望别人瞒我……"

"报上说:经常患感冒,可以防癌。老宋你就是一年四季感冒不断的家伙,所以你不必担心癌找上你……"

"此话完全可以倒过来说:经常得癌,可以防感冒。你只要得过一次癌症,想再得感冒也不能了嘛。哈哈哈……"

"空出了一个所长位置,呃……别这么看我好不好,我只是实话实说。"

"你说得不完全。想一想为什么不完全?……待我告诉你吧,不但空出了一个所长位置,还空出了一个副所长位置,一个主任位置,和一个副主任位置。因为,所长要由副所长来顶,副所长要由主任来顶,主任要由副主任来顶。所以,缺一个,动一串。这叫点面结合,领导问题就是全局问题,是吧?"

刘副所长、宋主任、杨副主任,三人的脸色都有点不自然。少顷,一齐摇头否定。

我凝固在角落里,只用脸上表情配合他们聊天(他们很敏感,会从脸上表情把我剔除出来),心里替李所长悲凉。他们(也包括我)为之议论、为之动情的其实不是李言之那个人,而只是他身上的病症。接着又把活生生的李言之跳过去,议论"李所长"的死后事宜。他们大概不知道这有点儿残酷,他们出自天然和率真。难道,善良的人们之所以善良,多是由于不认识残酷才善良的吗?

无意识的残酷……

由于无意,竟使得残酷看上去似乎也美好些了。

因为,什么都不会比天然率真更好。此刻李言之不在,此刻他们就天然率真着。

我的精神被他们闪了一家伙,差点绊倒。当我把自己的精神再扶起来时,发觉不再是原先的精神了,就像拾回来一片余痛。我轻轻地说:"我要去看看李言之……让他看看我。"

当时无人注意听我说话。更无人注意到我说的不是李所长,而是李言之,我不仅是去看他,也是让他看看我。我想,对于这时的李言之来讲,让他看看我,可能比我看他更加重要。他久居领导高位,一阵病痛把他给抖下来了,他的孤独感主要来自:并非没有被人看,而是他不能像以往那样看人了。就是说,他不再是以前的他了。

一股针尖那样的异想扎了我一下:同样的病症,搁他身上和搁在普通人身上,得出的痛苦是不是一样多呢?我可以肯定:同样的病症,搁在每个人身上,痛苦完全是不一样的。所以,每个人去探望他时,不是该有自己的看望吗?也就是说,看望的不仅是他,而是自己的他。

他患病的消息刚传出来时,人们唏嘘不已,一哄而起去看他,那时人们的感情最新鲜,携有最浓郁的惋惜。到他那儿去的人,跟领工资一样齐。听说他病房壁橱里的各种营养品,已经摞得高高的,都塞不下了。随着他病情稳定下来,人们对他的热情也就淡漠了,每天只有妻子定时陪伴他。人们似乎在等待一个什么迹象,比如说"病危通知",一旦知道他临终,人们又会跟开头一样密集地奔去看他,因为人们心里已经有了个暗示:不去看他就再也看不到他了。对这种人潮现象站远些看,比置身其中更有魅力。站远些就不是被人们看了,而是看人们。看人们的善良之心多么相似,一群人在重复一个人。或者说,每一位个人都在重复人群的感情。人就真的那么渴望被裹挟吗?

不知道李言之能否看透这一切,他接近于死亡高峰,应该看的比寻常时刻多得多,应该"会当凌绝顶,一览众山小"。当天意赐死亡予他时,他应当品味出死亡意境和种种死亡意蕴,这才叫死得值。这才叫活到了最后一刻。

人不该在怕死中去死,也不该在盲目中去死,应当以拒绝死的姿势去死……我想。

死有死的质量。死亡对于每个人来讲,在数量上完全一样(只有一次),那么剩下的就只能是个质量问题了。当我抚摸到这个问题时,觉得亲切,觉得李言之也亲切了。

我去看我的李言之。至于李言之自己承认不承认他是我的李言之,那并不重要。

今天天气真好,和我的心情挺配对儿。我找出几本好书,包它们时,它们正散发着迷人的气味,跟里头的意念与感情的气味一样迷人。我要送给李言之,假如他要我读一段的话,我会非常高兴地读给他听。其实不读,它们也在我心中搁着。我要对李言之说:"我把这几本书送给你,将来(即:死后)你再把它送给我好吗?这样,我们相互都赠送过一件心爱的东西了。"

于是,他替我笑了一下,我也替他笑了一下。我们笑得多么从容呵。

总医院内三科病房,是一幢外表可人的建筑物。如果在它旁边放一片大海,那它就是发亮的岛屿;如果拿掉它的躯体,那它就是片无躯体的月光;如果看它一眼后紧跟着再看别处,那么处处都带上了它的韵味。设计这幢楼的人真了不起,像做梦那样设计了它,醒来之后,居然还给他捉住了自己的梦。

我沿着一条花廊似的甬道走了进去,初时恍如飘入,几乎足不点地。走着走着,猛地嗅出不谐。这些玫瑰,这些玉兰,这些芬芳,这些灿烂,都是被囚禁在这里的,都是为掩盖死亡气息设置的,它们因囚禁而蓬蓬勃勃地咆哮,昂扬着初生兵团那样的气势。我从它们身边走过时,感觉到它们的浪头击溅,花瓣的每一次颤动都滴落下阳光,叶脉丝丝清晰轻灵无比,明亮之处亮得大胆,晦暗之处又暗得含蓄。它们靠死亡站得那么近,却不失优美。一刹那间我明白了,它们是死神的情侣,所以人们总将鲜花奉献给死者。两个意境重叠起来(鲜花与死亡),便堆出一个无边的梦。

一副担架从花丛中推过,担架上的人被布单遮盖住了,来往人流纷纷让道,目光惊疑不定,嘈杂声骤失。人们眼睛都盯在白布单中央,那里搁着一枝红润欲滴的玫瑰。

它是由一位年轻护士搁上去的。她先用白布单覆盖住他的躯体,然后,顺手从床头柜上的花瓶里取出一枝玫瑰,搁在他不再跳动的心口上。当时,她只是下意识那么做的,没有任何深刻念头。她出自天然率真。

而此时,人们之所以被震慑,不是由于死者,正是由于那枝玫瑰。

玫瑰花儿卧在心口上……虽然那处心口已不再跳动,却使得所有正在跳动的心口跳得更激烈了。

我先到内三科医务室,询问李言之的床号和病状。

值班女医生对探访人员挺热情。但那种热情里,更多的是为了迅速结束谈话才采取的干脆果断。当我结结巴巴、拐弯抹角地问一个很艰难的问题:李言之还能活多久?没等我将问题表达清楚,她已经明白了:"你是想问李所长还能活多久吧?……早点说不就行了,真是的!告诉你,他是我的病人,说实话我也不知道他还能生存多久。也许三个月,也许一星期,也许打一个喷嚏就把肝脏震裂开了。总之,他不会走出医院了。这是昨天的化验结果,他身体状况已不能承受化疗了。我准备停下来,采取保守疗法,不再给他增加痛苦。"

"会不会有什么奇迹?"

"到目前为止,还没有什么迹象。"

"他的精神状态怎么样?"

"相当不错。"医生微笑着,"你可以为他自豪。他不是强作乐观,也没有什么过不去的悲伤,每天都挺安静。一个人在凉台上坐着,经常在笑。所以,我隐隐约约觉得……"她欲言又止。

"哦,请说下去。"

"他很愿意去死。这样的病员,说实话我很喜欢。"她真诚地说。

"愿意去死?"我愕然。

"某一类人的正常感情。"她解释了一句。

我离开她,朝李言之所在的病房走去。四周药水味道十分浓郁,来往病员步伐缓慢,看得出都是患病的高级干部。可是,在他们脸上出现的不是痛苦神色,大都是一种深思的表情,像正在为某项工作苦恼。也许,他们心里也正像思索人际关系那样思索着自己的癌肿,甚至不相信自己会得这样的病,至今仍觉得不可理解,仍待在惊愕之中。这里,几乎每个病员都有家属陪伴,因为陪伴很久了,所以已无话可说,妻子像影子那样沉默地挨在身边,呈现出令人感动的忠诚。阳光已被茶色玻璃滤掉锋芒,再稀薄地一块块掉到走廊上,看上去不是阳光,而是可用笤帚扫掉的炭灰余烬。在这样的气氛里行走,像在古墓群中独行,我整个人都不禁缩小了,四面八方都是险情。

李言之的病房在走廊尽头,此刻他一个人独坐在沙发里。我很高兴他夫人不在,因为他夫人非常饶舌,常常用母牛那样的韧劲述说芝麻大点的话题,说时又上劲又动情,双手还交替比画。假如你按住她的手,那么她舌头也动不了,反之亦然。她说话是一种全身运动,因此,倾听她说话就使你全身劳累。李言之穿一套质地很高级的西装,通身纤尘不染,虽然他不会再走出医院了,脚上仍然穿着那双出国访问时购置的皮鞋,并不穿医院配发的拖鞋。他给我的感觉是:正准备出国,或等待外宾来访。他察觉有人进屋,慢慢转头看我一眼,笑了。笑容不大,笑意却宽广无边。

"我还以为你不会来了呐,呵呵呵……握握手吧,我这个病有一大好处,不传染。"

李言之的手劲不像病人,也许是他有意表现出来的。我说:"你气色很好。我来晚了,虽然早就想来,可是看到来的人多了,又怕你烦。"

"不错,是有些烦,不过你不在内。你坐吧,我过两分钟再陪你说话。"

他神情有点异常,靠在沙发里,像忍受着什么。显然是体内病痛发作了,他在等待它过去。我不忍心看他这副样子,转眼看屋里的盆花:吊兰、玫瑰、海棠、一品红,还有几种可能十分珍贵但我叫不出名的花,它们摆满了窗台以及茶几,芬芳之气飘逸。

李言之无力地说:"都是租来的,从院里养花的老头那儿租。他死不同意,说药气会伤花,怎么求也没用。我听说他喜爱瓷器,就拿了一尊明成化窑的滴水观音壶去,请他观赏。他翻来覆去地看,爱不释手,眼珠子都要掉下来了。我拿过滴水观音往地上一摔,那壶哐啷一声成了碎片。老头傻了,面孔死白,蹲在地上盯着那些碎片发呆。我说:老兄啊,我是快死的人,家里还有几样瓷器,留着全然无用。我只想向你借几盆花摆一摆。死后归还不误,若有损坏,按价赔偿嘛……我偏偏不说要送他一两样,偏偏不说!他憋了好久才出声:你叫人来搬吧。我搬了他十二盆花,租金小小不言,跟白用他的差不多。"李言之伸手抚摸身边那盆叶片翠绿、花蕾金红的植物——其实手指距花蕾还有半寸,只是在他感觉中抚摸着它。"认识它吧,它叫南洋溢金,生长在南半球,玫瑰的变种之一,天知道他是怎么培育出来的,了不起。确实了不起。大概除我以外,没人知道他多了不起。因为这花啊,初看不显眼,要到凌晨三四点钟的时候才发疯似的开放,哦,异香满室。而我每天也只有那时刻最为清醒,身子也不疼了。只我和它俩默然相对,太阳一出,它缩回花瓣,我也就又开始疼了。"

"你的疼痛有审美价值。如果人非疼不可的话,这差不多是最理想的疼了。"

李言之大笑,薄薄的红晕浮上他双颊。说:"我就喜欢你来看我,敢于胡说八道。他们不行,他们不知道拿患了绝症的人怎么办。"

"我给你带来了几本书。我觉得不错,起码看了有镇疼作用。"我把书递过去,卢梭、培根、尼采等人的散文集。我告诉李言之,他们都是优美而刻薄的人物,精神上始终疼痛不止,只好拿一种诗意来敲打自己,结果敲出来的都是电光石火。假如你闷了想和人争辩,他们是最好的吵架对象。李言之接过去一本本端详:"唔,这样的书即使不看,光在膝头上搁着也蛮舒服的。如果老天爷再让我活两年,那我什么事都不干,光看书。"

"好几个领导晚年都这么说过,可惜做不到。他们大都是没事可干了才看书。"

"你又来挖苦我们了,呵呵呵……就冲你这句话我也要读它几本书,你不信?"

"千万别这样。想读就读,不想读就甩开,这样才最好。"

我们又聊所里的事。我有意把牢骚带到这里来抒发,好让他批评教育我,让他觉得舒服,我实际上是把牢骚变成礼物赠送给他。我还有意拿一些早已明了的俗事求教于他,无非是想让他觉得高于我,也就是把俗事变成瓜果一样的东西供他享用。看见他惬意了,我也随之惬意——真的。我的惬意甚至比他还多一倍!因为我的惬意原本就是我的,而他的惬意则是我偷偷摸摸递给他的。迄今为止,他还没有让我感到意外。这场谈话从一开始我就看见了尽头,谈话只是重复内心构思,只是内心音响的复制品。为了掩盖平淡,我好几次装做欣赏南洋溢金的样子把头扭开。大概这盆溢金花都窥视出我的心思了,而他始终没看出来。

溢金花蕾含蓄着,高贵地沉默着。那一刻我真感谢植物们从不出声——尽管它们太像一个个念头昂首翘立。

"……我看过你的档案,是在调你进所里工作的时候。我恍惚记得,你少年时住过很长一段时间医院,对吧?"

"是的。"我开始感到意外了,他问这些干什么?

"在哪个医院?"

我告诉他医院的名字,离这里很远。李言之马上说出了那所医院的有关情况,某某市、某某街道、某某某号。然后告诉我,那所医院已被改为医学院。人员建筑设施……当然还有医疗档案都已全部更换。他对那所医院如此熟悉,使我惊骇:"你在那儿住过?"

李言之摇头:"不是我。"

"哦。"我想这个话题已经结束了,正欲告别,忽发觉李言之并没有说完,话题仍然悬挂在我俩之间的某个地方,神秘地晃动着。李言之双眼像盲人那样蒙眬,整个人正被念头推走,他低语着:"院墙拐角处,好像有一片三角梅……下头盖着一块大理石墓碑,缺了个角儿,只有等花儿都谢掉了,才能看见它……"

我大叫:"你肯定在那儿待过!平常人们注意不到它。每年秋天,那小墓碑都给花汁染红了,夜里有许多蟋蟀叫。嘿,你在那儿待多久?什么时候?"

李言之摇头:"不是我。"

我很失望,也很疑惑。他对那医院隐藏之物知晓得如此透彻,却又不是那里的人,这可太奇怪了。李言之又说:"还有个印象,每天早上,太阳都沿着教堂尖塔爬上来,远远看去好像戳在塔尖上似的,是吗?"

"不错,那景象只有在医院二病区五楼才可以看见,令人过目难忘。你确实在那里待过,否则不可能知道这些呀?"我的语气简直是提醒他:要么承认;要么赶紧换种说法吧。

李言之断然道:"不是我!"

他的固执迫使我沉默了,他不做任何解释,对沉默似乎感到惬意,我们在沉默中拉开距离,又在这距离两端对峙着,彼此窥探着。坦率地讲,我又开始憎恶他了,同时又对他发生兴趣:他究竟在封锁什么呢?

李言之很吃力地说:"哎,你能不能给我说说……你那时的事,在医院的事。随便什么事都行。"

"为什么?"

"不为什么,确实不为什么,随便聊聊嘛,我余日无多……"

"你告诉我原因,我就聊给你听。否则就不太公道,那毕竟是我个人的隐私。"我心里在想:你拿死来当理由,提过分的要求,这就像向那位养花的老头借花一样,以垂死者资格砸一件古董,迫使他不得不把花借给你。其实是心理讹诈。

"对对,不容侵犯的。我不能强求。"李言之很遗憾的样子。我们又聊了些所里的事——那只是为告别做点铺垫,李言之明白这一点,所以他渐显惆怅。末了,他起身走到壁橱那儿,打开橱门,伸手去摸索,掏出几盒花旗参、龙眼精之类的补品,塞进一只塑料袋,递给我:"你拿去吃。"

"这怎么行?别人送你治病用的……"

"唉,实话告诉你,我吃不了这么多。不信你看!"李言之甩开橱门,又无奈又自豪地让我看。果然,里面装满各种营养品,瓶、罐、盒摞得有几尺高。

我叹道:"到底还是当官好啊。不过,这些东西恐怕都是人家用公款送你的,而我送你的东西是我用自己的工资买的。"

"我明白。所以,请你拿点去,算是帮我吃了它。别谢我,它们本不是我的东西。"

我有点儿感动,一般人并不能像李言之这样,敢于把橱门敞开。我说:"我可以替你送给那个养花的老头吗?"说完,我才意识到此话太刻薄了。

李言之沉吟着:"随你意吧。但不是我送他的,是你。"

2

花房在医院北边一个角落里。我寻到那里时,养花的老头不在,花房门锁着。

我认为:李言之实际上讹诈了养花老头。他通过毁灭一件别人心爱、但是又不拥有的东西来讹诈别人。他撕裂了别人心中的一种珍贵感觉,以迫使别人向他屈服。养花老头实际上并不贪图李言之死后的古董,他只是受不了古董被那样无情地毁灭。更令我惊叹的是,李言之自己也酷爱他亲手砸碎的东西,但他之所以砸,恰恰因为他从毁灭中获得了更大的快感。当时他肯定也痛楚,但只要有人比他更痛楚,那么他的痛楚就升华为快感了。这一切像什么？说绝了，就像一个父亲提着自己的儿子去见一个感情丰富的仇敌，跟仇敌说："你要是不答应，我就杀了我儿子。"当然，他俩并没有清澈地认出自己的感情性质，双方都顺乎本性地做了。清澈本身很可怕，像通过显微镜看自己心爱女人的脸，这时看到的绝不是花容月貌，而是跟猪皮、跟月球表面一样坑坑洼洼。

就在这间花房里，李言之使用过一种十分精致的精神暴力。

双方都在对方配合下，优美地毁灭了一件优美的作品，痛楚地完成了一次痛楚的抗争。

我凝望花房，阵阵芬芳正透过玻璃墙壁飘来。尽管花房完整无缺，但浓郁的芬芳已把花房胀裂了。那只锁挂在门扉当中，虽然小却死叮着杀戮之气。我走近花房，透过玻璃朝里看。一排排花架凌空跃起，无数盆花相互簇拥着，鼓噪成色彩斑斓的浪头，大团温热朝我喷涌，里面像关闭一片火海，同时它们又无比宁静。巨大的反差令人惊骇，花们竟有这样宽阔的气质。我基本不知道花们的名字，即使告诉我我也记不住。那些名字是人类硬栽到花们头上去的，以便从它们那里汲取一些自己没有的东西——用一种看去似乎是"给予"的方式来汲取，比如说培植或起名。一个君王可能以另一个君王为敌，但他会以一盆花为敌么？不会！花们是一种意境，而仇敌是具体的人。我们何时才能学会不被具体人所缚、而为一种意境势不两立呢?

花房掳获着花的意境,看到这些优美的掳获我才胡思乱想,并在胡思乱想中获得了比严谨思索更多的快活。我想:我或许太久没有放肆自己那点可怜的精神了,所以稍一打开笼门它们就蹿出来享受放肆。

有一缕枝叶动了几下,影影绰绰地像有精灵匍匐在那里。呵,是养花老头,他几乎化进花丛中了,不留神根本看不见。他双手沾满乳白色灰浆,面前有个小木架,架上搁着那尊滴水观音壶。它大部分碎片已经被粘接在一起,呈现出壶的原形,壶身遍布细微的白色斑纹。原来,养花老头把自己锁在花房里,独自在复原它。

从壶身斑纹的密度判断,它曾经被摔成无数碎片。养花老头全靠着对每颗碎片的理解,来再生滴水观音壶,实际上他必须将无数个细碎念头一一拾起,一一辨认,一一对接。这是浩大的意念工程,所以他必须从世上逃出那么远,才可能进入境界。观音身披彩衣,站在红色鱼头上,轻妙地探出一只臂膀,手中握着小小的金色葫芦。观音的全部神韵、全部魅力最后都落实到那只小葫芦上,一滴滴圣水将从葫芦口洒落人间……尽管它现在空空荡荡,但我们一看就怦然心动,从它的造型中明白它的意思。它失去了水,反而拥有水晶般情致。

裂纹在观音壶上刻下无数道深意,并且渗透到底色里,它像树根那样有了年轮,看上去更古朴更幽幽然。观音欲言又止,微笑成了含悲不露的微笑,身段里含蓄着疲劳,衣襟像一片诗意那样弯曲着,手指停留在似动非动中,它如同跋涉了千万年才来到我们面前,且只为了——欲言又止。如果,它被摔碎前并不是杰作的话,那么正是粉碎,竟使它成为杰作了。

我盯着养花老头的背影,我觉得他并不知道他有多么杰出。他同花们相互渗透那么久,已经到了能够视美如视平淡的程度,也就是到了能从一切平淡中看出美的程度。假如任何人把他的杰出之处指给他看,那就是扼杀他。我宁愿他死去,却不愿意他被扼杀。

李言之和李言之们,每每一靠近他(他只有他个人,而绝不会有他们),就不禁作态。而作态乃是被掩饰着的失态。我想,那是由于他们在内心使劲提拔自己,才导致的失态。

3

要不要把我那一段生活说给李言之听呢?而且,要说给他听的话,还得全然不问他为什么要听。这个苦恼把我给憋住了。我尽量从最人道的角度揣测李言之的动机,比如:他就要死了,渴望和人谈心,谈谈已经逝去的日子,以使剩下的日子更有深度,临终前来几次有质有量的反刍,自己证明自己没有虚度年华,借以驱除死亡阴影等等。对我而言,就要死了的人比活生生的人更难拒绝,也比已经死去的人更难拒绝。所以,我老是觉得就要死了的人反而具有死者与生者的双重魅力,干脆说是双重权力吧。仅仅由于他站在死亡边上,我们就感到对不住他。就李言之本人来说呢,我隐约觉得,他很可能把他此刻所占的优势弄得清清楚楚——花房便是一例,所以他才放纵自己的愿望。果真如此的话,这接近于可怕了,他岂不是在要挟我们的情感么?被要挟的情感能不因此而变质么?

不过,坦率地讲,我渴望诉说。我从他身上嗅出了一股气息,我嗅出他是我的知音。

心里老搁着一团隐秘,搁久了,会搁馊掉的。这团隐秘多年来一直顶得我腹中难受,真想呕出它来,即:说给某人听听,与另一颗心灵相碰。在说的过程当中,把自己换掉。可是,我既怕说出去暴露了自己的丑陋,也怕搁久了变馊。我还怕,将一团本该永远含蓄于心的、类似隐痛那样的东西失散掉了,使我像失重那样找不到自己的巢穴。以往,我们正是凭借那种东西才把自己和别人区分开的,它跟酵母一样藏在身心深处,却膨胀出我们的全部生活。20岁时回味起它来,就有青年人的风味境界。40岁时回味起它来,就有中年人的风味境界。60岁时回味起它来,就有人之老者的风味境界。它使你在人生各个阶段都有半人半仙的时刻,都能达到应有的巅峰,都有一份浓郁的醉意。

我看过太多太多的人,心里没有这种东西,所以总在模仿中生活。偶然抗拒一下周围环境,也是为了使他人模仿自己,以安抚一下心情。唉,我喜欢猴子,因为它太像人。我也讨厌猴子,因为人像它。我曾经在一只猴子身上认出过好多人来,包括著名人物。我渐渐习惯了与人式的猴子或者猴子式的人相处,甚至相亲相爱。我知道,人是人的未来;而任何一个我,却只能是此刻的我了。我坚守着我。

我也看过,一些人心里由于没有这些东西,因而不停地倾诉。整日里开会、议论、指示、商讨……人跟一面大鼓一样不停地发出声响,正因为腹中空空洞洞。其实那不是他的心在鼓噪,而是变了质的才华在鼓噪不休。埋在才华下面的,则是坚硬的权力意识。

现在,我又看到一个人因为濒临死亡,因为靠近天意才泄露出来的亲情,和很隐蔽的欲望。我终于知道了,他心里也有那些东西,只是封闭得太久而已。我熟悉那东西发出的呻吟,我嗅到了那些东西飘来的气息。所以,我认出他是我的同类。我们都很珍视心中那一片隐痛、一点酵母、一种心爱的丑陋、一缕敏锐羞怯之情、一种欲言又止的难堪……总之,把我们终生钉住的那个东西。

我想,就当自己在对自己倾诉吧,就当自己在抚摸自己。我不是经常只和自己待在一块儿么?为了能够和自己待在一块儿,不是付出过好多代价么?其实,在李言之那所医院里,当我浸在几乎把人融掉的药水气氛中时,我已经呼吸到了我的少年。

4

一阵抽搐,把我从梦中抖醒。病房天花板上趴着一只大壁虎,我躺在床上,隔着蚊帐仰面望它,就像天花板上出现了一条大裂缝。猛想到:整整一夜我都是在这么个怪物肚皮下睡过来的,不禁骇然收缩。我不明白,为什么壁虎趴在墙上不掉下来?为什么它的尾巴脱离身体后,还狂跳不止,而拖在它身后时,却是规规矩矩的一条尾巴?还有,为什么这里的病毒传染了我们,却没有传染壁虎?……由于不明白,事情就显得那么神秘,事情就尖刺般扎在我心里。漂亮护士对我们的恐惧老是感到厌烦,却不会消除我们的恐惧。有一次,她干脆用拖把杆捅下一只胖壁虎,再狠狠一脚踩上去。啪！她脚下像炸开一只气球。"怎么样，不会咬人吧？"她得意地看着我们，一个个追问："你现在还怕不怕？……还有你？……你？"我们被迫说不怕。她提起脚，抖了抖穿丝光袜的小腿，去找簸箕扫除残骸。在她轻盈地走开时，我看到一段细小的尾巴正粘在她脚后跟上，劈劈叭叭地甩动着，而她丝毫没有察觉……是呵，当时我们被迫说"不怕"，因为她比踩烂的壁虎更可怕呵！久之，我们不相信她了。而我，则十分伤心，她那么漂亮，我真舍不得讨厌她。当同病房的伙伴们恨她时，我抗拒着他们的恨，独自偷偷地喜爱她。她脸庞上总戴着一副洁白的口罩，两只美丽的大眼蹲在口罩边上忽闪着，眸子里窝藏一口深井，只要她的眸子一转向我，我就感到喜悦。她说话时，口罩里面微微蠕动，蠕得我心头痒痒的，漾起甜蜜的涟漪。

"不要趴在地上，都是病毒！"她说。

我们觉得锃亮的木板地十分干净，护理员每天都打扫。她见我们不听，提高嗓门叹气："每平方毫米上万个病毒，每个病毒要在沸水里煮半小时才会死亡。你们听到了吗？"见我们仍然不听，她就一阵风似的飘开，好像这里的混乱和她没关系。我从地上爬起来，希望让她满意，但她根本没有注意到我……

四楼有些悸动，位置正在我们这间病房下面。从地板传上来的声音沉闷恐怖,把我揉来揉去,令人缩成针尖那么点儿,并产生无边的想象。我和这整幢楼都微微发抖,福尔马林药水的味儿,正顺着每条缝隙漫过来,它能杀死病毒,也能把人皮肉烧焦。楼房外头,冬青树丛中传出一阵阵狗吠,大约三条。我能从它们的吠叫声中认出它们是谁,它们也认识我。呵,原来,我是给它们叫醒的。四楼死人了。

入院的时候,伙伴们就告诉我:夜里狗们在哪座楼前叫,哪座楼就要死人。医院里的狗可有灵气了,它们是做试验用的,每一条都将死在手术台上。所以,它们能嗅出死亡先兆。兰兰证明道:"我妈就是这么死的,要不是狗叫了,我还不知道哩。"过了一会儿,她才想起悲伤,于是安静下来。她的安静就是悲伤,只是看上去像安静。

兰兰的妈妈和兰兰患一样的病,而且是被她妈妈传染的。妈妈就死在这所医院里,兰兰来和妈妈遗体告别时,被留下住院了。伙伴们都十分敬畏她,因为她妈妈死在这里,所以凡是和医院有关的事,兰兰说了就最有权威。"你懂什么呀,知道我妈吗?……"只要这句话一出口,比她大的孩子也怯缩了。兰兰一点也不害怕自己死在这里,她指着太平间方向告诉我:"我妈是被他们推进那座黄房里去的,总有一天,我要去把她领出来。"

我爬到高高的窗台上,抓着铁栏杆往外看。医院怕我们从窗口摔下去,五楼所有窗户都镶上了铁棍,两根铁棍之间仅有十公分空间。我们为了往外看——更多地看,总是拼命地把头扎进两根铁棍之间,就这样,永远也只能侧着探出半边脸。我们脸上总是留下铁棍的深痕,漂亮护士一看我们的脸,就知道谁又上窗台了。"哎呀!你看你,今天是探视日,你爸妈来看到你时,还不以为我搞虐待了吗?!今天谁也不许靠近窗台。"……夜里的铁棍湿漉漉的,手抓上去,它就吱吱地叫。在我脚下,四楼6号病房灯光雪亮,把几十米外的冬青树烫得颤抖。狗们吠成一片,眼睛绿幽幽的,随着每一次吠叫,牙齿都闪出玉色微光。6号病房里,氧气瓶咕咕响,器械声叮叮当当。我耳朵倾听脚下的动静,眼望着影影绰绰的狗们,恐惧地想象6号病房里的一切,心头一次又一次地裂开——虽然听不见手术刀割破皮肉,但是传上来的疼痛已把我割裂。我越是害怕就越是钉在窗台上,跟死人那样执拗,如果回到病床上,孤独会使我更加害怕。我一遍遍哀求楼下那人不要死,否则下次就该轮到我们楼上的人死啦……蓦然,楼下传上来哭叫,那声音一听就是亲人的。我明白了:被抢救的人终于死去。

这时,我的身体似乎轻松些了——实际是由于麻木才仿佛是轻松。我仍然死抓着铁栏杆不放,过一会儿,听见窸窸窣窣的声音进入楼道,像一股潮水淌下去了,最后淌到楼外。几个医护人员推着担架车,在歪来歪去的灯泡照耀下,消失在冬青树小道里。狗们散尽了,楼下的灯光也熄灭了。只有我们这房里的夜灯,把我的身影投入到黑黝黝的草坪上。光是我半边头颅的黑影,就比一座山坡还要大!

我害怕那黑糊糊的巨影,转手关掉灯。一只狗突然朝我汪汪噑叫,顿时我被铁栏卡住,几乎拔不出头。原来,当我不动时,狗不以为我是一个人,只把我看成是窗台上的一盆植物。我稍一动,它看见了我,要把我从黑夜中剔出来!我熟悉正在吠叫的那条狗,它只有三条腿。白天,它看见我挺亲切,为什么夜里就对我这么凶恶呢?

我明白了,它也感到害怕。它为了抗拒害怕才吠叫。

我刚刚把灯关掉,就听见兰兰在床上喊:"不要关灯!"我吓了一跳,原来她一直醒着。我把灯重新打开,准备让它亮到天亮。兰兰说她睡不着,我说我也是。兰兰说我们说说话吧。我说:"好,你先说。"我打算在她说话时偷偷地睡过去,因为有一个亲切的声音在边上摇动时,四周就比较安全,就容易睡去。

兰兰说:"你把头伸出来,让我看见你。"

她要求对面有一个真实的人,以便在精神上依偎着她。我只好从蚊帐里探出头,看见兰兰也从蚊帐里伸出头,用蚊帐边儿绕着脖子,身体其他部分仍缩在蚊帐里。这时如果值班护士进来,准会惊骇不已,她会看到两个孩子的头跟砍下来似的,悬挂在蚊帐壁上,咕咕说着话。但我们自己相互瞅着,都觉得对方亲切无比。许多话儿只有这时候才可能说出,其他任何时候连想也不会想到。我们因恐惧而结成一种恋情,声音微微颤抖。兰兰告诉我,6号病房里的人被推进黄色房子里去了,过几天,那人将在里面消失。她问,你敢不敢去看看他?

我说:"要去就一块儿去。"

我们约定,第二天中午趁大家都睡午觉时,溜出病房去太平间。这天夜里,兰兰梦见了妈妈,我尿了床。我们两个人的脑袋整夜搁在蚊帐外头,被蚊子叮肿了。我在梦中意识到蚊子呐喊,它们叮了我又去叮她,漂亮护士跺足叫:"你们俩正在交叉感染,活着会一块儿活着,死也会一块儿死的。"……

5

通往太平间的小径十分美丽,宽度恰可容一辆救护车驶过,也就是可容我和兰兰手牵手走过。两旁有好多牵牛花与美人蕉,由于人迹罕至,它们把花朵都伸到路面上来了,像一只只颤悠悠的小胳膊挡着我们。再往前走,小径便给花枝叶挤得更窄,金黄色的小蜜蜂不用飞就可以从一枝花朵爬到另一枝花朵上去,它们的薄翅儿把花粉扇到空气中,花粉随即在阳光下融化了。我们在药水味中生活惯了,突然嗅到那么浓郁的芬芳,几乎快被熏糊涂了。呵,天空真的是从这一边完整地延伸到那一边,没被任何东西切断。草啊树啊花啊全都拥抱在一起,这里没有病员的斑马服,也没有血红的"十"字标志。土壤在草坪下面散发出它那特有的气息,我们兴奋地走上去,发觉我们几乎不会在真实的地面上走路了,脚步老是歪斜,拽得心也歪来歪去……我和兰兰吱吱笑,眼睛里有幸福的泪光。她那热烘烘的小手紧紧抓着我不放,像怕我飞掉似的。她脸颊从来没有涌出这么多红晕,她整个人几乎给心跳顶起来。

"看,三条腿!"兰兰叫。

一只金黄色狗儿卧在小径上,它早已听见动静,正支棱着耳朵注视我们。它只有三条腿,左后腿在一次骨科医学试验中给人拿掉了。按照医院的常规,试验完成后,它应该死去,免遭更多痛苦。没想到,它竟从手术室里的笼子中跑出来了,人们没捉住它。过了很久一段时间,它才敢出来觅食,但只能用三条腿趑趄了。它对所有医护人员都非常敏感,看见穿白衣的人就跑,当跑不开时,它就张大嘴,露出尖利的牙齿咆哮,浑身发抖,那一条后腿抖得几乎要断掉……说也奇怪,它那既凶猛又绝望的样子,每次都使要打死它的人下不了手。那条孤独的后腿看上去太可怜了,它以一种奇异姿态站立着,简直充满神秘。而且,它还不到一岁呀。没人愿意朝它下手。所以,它才侥幸活到今天。三条腿只在夜里才出来觅食,而且它只到我们孩子的泔水缸来觅食。我在深夜解手时见到过它,被它的怪样子吓坏了。后来我问漂亮护士它怎么了,漂亮护士随口说:"还不是为了给你们治病吗?"我才意识到一个异常残酷的现实:它是为了我们才被人弄成这样的;它的一条腿拿去给我们造药用了;我们为了治病需要它的腿,这说明我们的病比它更可怕……

所以,三条腿出现在我们面前时,我们都非常敬畏地看着它。渐渐地,我们就看懂了它。

每当它盯人的时候,它眼睛后面还隐藏着一双眼睛,乌幽幽的。一只眼里含着恳求,另一只眼里含着警告;每当它吠叫的时候,喉咙下面似乎还埋着一条喉咙,粗哑悠长而且滚烫,像掷来一根烧红的铁棍。它是用全部身体来倾泻一个低吠。从它的声音中,我们一下子就可以听出它少了一条腿;还有,在它奔跑的时候,不像其他狗们那样充满自信,它如同旱地上的鱼那样挣扎蹦跳,它的每次跑动都属于万不得已,身体内充满绝望;还有,它内心里非常渴望亲近人!这可以从它的尾巴上看出来,它有时远远地、微微地朝我们摇尾巴,并且到我们走过的地方去嗅我们的足迹,然后再远远地、亲切地看我们。需知它摇一下尾巴也比其他狗们困难,由于失去了一条腿,它得时时将尾巴歪斜到身体的另一边,才能保持平衡。它那么小心翼翼地摇尾巴,我猜它知道自己很丑陋,不敢随便做狗们应有的动作。它老是躲避其他的狗,不全是因为怕它们,主要是因为知道自己丑陋。它卧下时,做的第一件事就是将光秃秃的断肢藏起来,然后再抬头看四周。

我和兰兰慢慢地走向它,三条腿嘴里垂着粉色小舌头,一直注视我们,动也不动。待我们走到距它很近的地方,它微微摇了下尾巴,我们太高兴了!它不恨我们。我们必须从它身边经过。因为它就在路当中卧着。我们走到它跟前才停步,带一点请求的意思看它。它慢慢起身离开,钻到冬青树丛中去了。我们走过去后,偶尔扭头一看。啊,三条腿又回到原先的地方卧下了,姿态和刚才一样。

太平间出现了,它是一幢黄色的平房,每扇窗子上都贴着米字形白纸条,后面垂挂黑布幔,不漏一丝缝儿。我们站在它前面的空旷地上不动,盯着太平间的正门。门前不是阶梯而是一段斜坡,这样才可以用担架车把死者推进去。我们不敢再往前一步,因为门上正挂着一把大铜锁,差不多有我们的头颅那么大。我们诧异极了:为什么要上锁呢?难道死人还会跑出来么?后来我和兰兰说定:上前去的时候我走前面,退回来的时候她走在后面,无论有什么东西追来,谁都不许跑。接着,我走上了台阶,兰兰跟在我后头。我踮起脚趴到窗台上,拼命朝里看,什么也看不见。这下,我反而放心了。

"没人,我们走吧。"

兰兰默默无语,怯怯地跟我走。走出不远,她站住了,细声说:"我、我还没看呢……我想看看妈妈还在不在里面。"

"什么都看不见。"

"求求你,陪我看一眼。我把那本邮票送给你。还不行吗?"

我又陪她回到太平间的窗跟前,抱她上去。她猛地打了个喷嚏,惊道:"好呛人!"

她是说里面的药水味儿,那味儿正从房子的所有缝隙渗出来,仿佛里面正在燃烧。这时,她的头撞到窗玻璃上了,太平间里面发出回响。我抬起头,清清楚楚地看见:窗后的黑色布幔正在缓缓摆动。

我们跌到地上,吓得发抖,兰兰的脸色惨白。我们互相抱着起来,谁都不敢哭。两人紧紧抓着对方的手,慢慢地往回走。我们没有跑,我们下意识地感觉到:只要一跑就完蛋了!一跑就会有东西追出来。我们是一步步走回来的——这是惟一值得我们终生自豪的事!

三条腿又一次给我们让路。我们走上了那鲜花簇拥的小径,蜜蜂从耳边飞过,花瓣不时碰到我们的脸颊……现在,对于弥漫在堆积在融化在小径两旁的"美",我有了刻骨铭心的感受,就是从这小径上,我产生了终生不灭的隐痛。接近我们病区时,我们才活转过来。我无意中——不知道这是否是一种古怪的暗示,我抬头看了一下6号病房。我看见,窗后面站着一个男人。

我被钉在当地,受惊的兰兰到处看,马上也看见他了,是一个真真切切的活人。她受惊地低叫起来,我马上大声说:"他是刚入院的病号。"她才沉默。我们看着窗后那人,那人也似乎在看我们。少顷,我发现他不是看我们,而是看摆在他面前的、窗台上的一盆海棠花。他猛地推了一下,海棠从四楼那高高的窗台上掉下来,瓷花盆在阳光下划了一道白光,咣地落到水泥地面上,白瓷碎片飞溅,海棠的浓汁把墙根都染红了……后来我们知道,他确实是刚入院的人,和我们患同样的病,他名叫李觉。6号病房从推走遗体到住进新人,其间不到十小时。

回到病房,伙伴们还在午睡。我们悄悄地爬到床上躺好,久久不出声,直到听见漂亮护士的脚步声,兰兰才大哭起来。漂亮护士急忙赶来问她怎么了,她断断续续地交代了我们的行为。原来,她在太平间时,在黑色布幔掀起的一刹那,竟然看见了我没看见的情景:屋里有两只木榻,上面睡了两个人,从头到脚蒙着白布,其中一个动了一下,千真万确动了一下。她凄惨地哭着问:"死人怎么会动呢?"

漂亮护士搂住她,同时瞪着我:"你们好大胆子哇,敢跑到那个地方去!我要告诉你父母,噢噢噢……别哭了,兰兰。我告诉你,是这么回事。有时候哇,人死了,他的亲人舍不得他走,会来陪一陪他,和他住在一间房子里,怕他孤独。你刚才看到的呀,不是死人活过来了,而是死者的亲属。她爱他呀,她来陪伴他……"

我们当时都听呆了,爱!多么奇怪的爱,又是多么恐怖的爱呀。我至今不知漂亮护士讲的是不是实话,也不知兰兰讲的是不是实话。漂亮护士已把我们深深地迷住了。哦,爱!……她罕见地使用一种轻柔声调,将我们的恐惧转化为幸福。

这天夜里,病房灯光熄灭以后,我头一次以近乎诗人的目光注视到,窗外有一个月亮。我想:它是死去的人们的太阳。每当他们的"太阳"升起来时,我们就躺下来,而他们也就起床了,走出他们的房门,开始他们的生活。当我们的太阳升起时,他们就躺下来,该轮到我们起床生活。所以这个世界是一半对一半平分着的,我们活人占一半,他们死人占另一半。假如我要进入他们的世界,只要沿着月光走上去,一直走进月亮,再从月亮的另一边下去,就可以进入他们的世界了,马上可以看见好多好多亲人。

窗帘微微摆动,因为月光正撩拨着它。我把一只手伸到月光下,看见手快要融化了。我急忙抓了一把月光进来,像握着一块冰,感觉到它在我手心慢慢地化开,无数幻想从手心那儿延伸到全身。我偷偷吻一下天空月亮,相信我已和另一个世界的人建立了默契,得到了他们的允许才生活在这个世界中。

床边有物訇訇乱动,我吓了一跳!兰兰嗖地爬到我床上,她害怕,不敢一个人待在自己床上。她嗫嚅着:"我不会传染你的……"紧紧缩进我怀里,抖得跟叶片那样。我天然地升起了做一个男子汉的勇气,由于有人比我更弱小更可怜,所以我更强大更自豪。我给她讲故事,她给我讲她妈妈。我们肌体相依气息交融,忘记了恐惧,快活得不知如何是好,最后在呢喃私语中睡着了。

这以后,每当兰兰害怕时,她就爬到我床上来,渐渐成了习惯。我们不知道这违反院方规定,也不知道男女之秘。我们只是偷偷享受一个默契,一种为抵抗恐惧而生成的少年私情。但是,我们交又感染着,病老不见好。医生巡诊时常常奇怪,自言自语:怎么回事,疗效一般嘛。

终于有一天凌晨,漂亮护士来给我们抽血化验。她像往常那样,双手端着一个堆满针管的白瓷盘,扯开每一个人的被子,从梦中拽出一条孩子的胳膊,扎上橡胶皮带,摸索臂弯处的静脉血管,轻轻刺入,总是一针就见回血!漂亮护士医疗技术是很棒的。她掀开我的被子,看见我和兰兰睡在一起,呀地叫起来,手中的托盘都差点翻掉:"你们干什么呀你们!……"漂亮护士眼睛睁得老大,白口罩外面的脸颊火红,连耳朵都羞红了。"你们知道自己在干什么吗?谁叫你们睡到一起的,呃?还搂着……快分开!"

我从来没见过她如此恼怒,吓得说不出话。突然,她弯下腰背过脸嘎嘎笑,笑声尖利刺耳。不时转过头来,轻蔑地扫我一眼,又掉过头笑。她总算笑完了,而我们还不知道她笑的原因。她放下托盘走了。不一会儿,她领着护士长进入我们病房。一看见护士长,我才意识到灾难临头。在我印象中,病区只有发生了重大事件,比如病危、病故、伤亡或者医疗事故,她才抵达现场。虽然医师们或主任医师也到场,但他们并不次次都来,次次都在场的只有她一个。漂亮护士没跟护士长说话,看上去她们已经把该说的话说完了,两人已形成了默契。护士长约50岁了,很有奶奶风度,护士们都怕她,我们都很喜欢她。我们觉得她比护士们好说话,尽管她从没答应过我们什么。

护士长坐到我床边,先让漂亮护士将兰兰带走,再摸着我头发,问一些奇怪问题:你们睡在一起有多久啦?是怎么睡的呀?你们为什么要睡在一起呀?你们还知道,还有谁和谁一起睡过?……

当天,兰兰就被换到另一间病房去了。在我床对面,来了一个和我差不多大但傻乎乎的男孩。而且不久,我也被换了病区,搬到楼下去了。从此,我很难见到兰兰了。我们没有再被追究,可是我听说兰兰曾经到妇科检查过身体,她事后很惊奇地告诉我,那里都是要生孩子的人。还有,护士们看我时的眼神也不一样了,总有淡淡的、意味不明的微笑,甚至叹息着:"唉,你这个老病号哇,怎么还不快好。"我嗅出种种不祥,活得更谨慎更敏感了。现在,我为遭人嫌而感到羞愧,也为那件事羞愧,还要为身上的病老是不好而感到羞愧……这些羞愧摞在心里,使我整日沉默无言。病毒趁机肆虐,我的病况更严重了。一想起漂亮护士刺耳的笑声,我就胆战心惊。以至于,听到护士们的高跟鞋在水泥地上刮起一道尖啸,我听了也感到害怕,那声音太相像了。直到认识6号病房的李觉,才被他拯救。

6

6号病房就在我的病房斜对面,透过门上那巨大的观察窗,我现在经常能看见李觉的身影了。我很敬畏他。首先,他敢住进一间刚死过人的房间;其次,他扔过一只那么大的花盆!说实在的,那天那盆海棠迸裂时,我心里曾爆裂出一丝痛快。直到后来好久,只要想起在那雾一般的阳光里,有一只白色花盆飘然下落,那情致,那韵味,那崩溃前的战栗……我仍然浑身来劲。但我没有想到,他自己竟是一个十分胆小的人。我好几次看见,他出房门前都先把头伸出门外张望,看一看走廊里有些什么人,然后才走出来。其实,不管走廊里有什么人,他都会走出房门(我从没看见他张望之后再缩回去),所以他的张望只是他出门前的习惯。问题在于,他怎么会养成这种不体面习惯的?一旦出门以后,他又昂首挺胸谁都不看了,尽量少跟人说话。他差不多是跟壁虎那样贴着墙根走路。步履轻快无声,怎么看怎么不自然。事情一办完他立刻回房,好像魂还搁在屋里。他从来不进入病员们的群体中去。

我从大人们那里感觉到:李觉是个怪人,大人们讨厌他。他们路过6号病房时总要好奇地往里头瞟一眼,返回时再瞟一眼,但从来不进去。有时,我觉得他们纯粹是为了"瞟一眼"才走过去走过来的。他们还经常向医生打听李觉的来历,什么病啊?从哪儿来的呀?级别多少现任何职?……噢!我忽然明白了,原来,他们是对李觉住单人病房不满,不是真讨厌他的个性。

在我们这所医院,床位历来紧张。处长教授工程师一级的患者,得两三人住一间房,只有市长厅长地委一级的领导,才能一人住一间房。那李觉看上去最多二十几岁,门口又没有亮起"病危特护"的红灯,凭什么也住单间?!大家都是公费医疗嘛,竟然明目张胆地厚此薄彼!12号病房的宁处长几次想告到院长那里去,又怕人疑心他自己想换单间,所以冲动了几次终究没动窝。而其他人呢,见宁处长都忍了,也就得到了安慰。因为他们比宁处长的资历还差一截哩。我发现,大人们由于太寂寞了所以都爱嘟嘟囔囔,并不真的想去得罪人,尤其是在没摸清他的底细之前,毕竟那只是一个暂时住住的单间,不是什么生死攸关的东西,即使把李觉迁出去了,叫谁住呢?能轮到自己住么?再说哩,他们的病最怕动肝火,一火,血项就不正常。所以他们即使在生气的时候,也是将手按在腹部小心翼翼地生气,满脸软绵绵的愤怒。他们窃窃议论:6号房里的,是省里某人的公子,上头特别交代过的,没办法呀……于是,他们背地里就叫李觉"匋内"。是一个大家都很敬重的副处长最先叫起来的。

我不知道这是个恶心人的称呼,只觉得这俩字念在口里滑溜溜的,挺逗。于是,一次大人们又在窃窃议论他时,我就大摇大摆走过去,冲着他的面叫了一声:"李衙内!"我以为能博得大人们的欣赏。说穿了,我就是为了讨他们喜欢才跳出去显示自己的。

李觉正独自站在阳台另一端想心事,双手跟老头似的捧着一杯茶。听到我的声音,猛一震,抬头看阳台那一头的大人们,眼里闪动着跟残废狗三条腿同样的光芒。我有点慌,也随之望去,大人们竟一个也不见了。而刚才,他们还兴致勃勃注视我呢。现在,我隐约猜知,"衙内"是一个恶毒的词。我正要逃开,李觉忽然拽住我,另一只手伸进口袋,慢慢地掏出一大块巧克力,递到我鼻子下面⋯⋯

巧克力用金箔那样的纸包装着,上面印制一个童话场景,阳光在上面流淌,浓郁的甜香味儿一阵阵透出来。我们家生活一直窘困,我从来没有吃过巧克力,但我认识那是一块巧克力,而且正由于我从来不曾拥有过它,所以它一出现就撞疼我的心。它比我在电影上、在橱窗里、在其他伙伴手上看过的都要高级得多,它是一块非凡的巧克力!李觉看见我激动的样儿,高兴地连连说:"拿着拿着。"

后来李觉告诉我,那块巧克力他放在兜里两天了,一直找不到机会送给我。虽然我那声"衙内"叫他气得要命,但他仍然稀里糊涂地把巧克力掏出来了。他说他最初看见我时就"胡乱喜欢"上我了,说我比那些大人懂事得多,说孩子一长大就变坏,所以还是又懂事又不长大最好。李觉昂着头对空无一人的阳台说:"我不叫李衙内,我名叫李觉,男,21岁,共青团员,大学助教……"最后他对已经消失的他们道声再见,将我领进6号病房。

为了感谢他,我一进去就告诉他:这间屋子几天前死过人。他呆立着,看着病床,面色惨白。"是个女的吧?"他颤声问。

"男的,一个老头。"

"什么病啊?"

"和我们一样,不过不要紧,屋里所有东西都消毒过了。"

"我不怕,我不怕,我说不怕就不怕!……你也别怕,有我在这儿呢。"李觉目光一寸寸扫过地面,忽然发现阳光把自己身影投在墙角落,他立刻移动身体,让影子从角落里出来。"死亡是人类生活的方程式,恐惧是多情的表现。嘿嘿嘿,我有点孤独。哦,你长得真像我弟弟,他是我继母生的。你在这医院住多久了,孤独么?"

"我想家。"

"孤独。"他满意地点头,"你应该相信,家也在想你。你上学上到几年级了?"

"如果不生病的话,我就该上五年级了。"

李觉摇摇头:"你正在看什么书?"

"在看《毛泽东选集》第四卷。"

那是我从病区图书室找来的,那里除了几册政治书籍外,没别的了。我看这本书时,备受大人夸奖。

"为什么看四卷?"李觉吃惊了。四卷是"毛选"的简称。

"因为,前三卷我已经看完了。"

"不不,我问你为什么看它,不看别的书?"

"没有。"

"你看得懂吗?"

"看得懂。"

"哈哈哈……比我厉害,我看不懂。老挨父亲骂。"

"我告诉你,你不要看正文,光看注释就够了。每篇文章后面都有一大堆注释,每个注释都是一个小故事。大多数是打仗的,你光看它就行了。你想要的话我可以借给你。"

李觉沉默好久,说:"你吃糖吧。"

我一直在等他这句话,巧克力抓在手上太诱惑了。我问:"你呢?"他摇摇头。我就站在他面前吃起来。吃完,把糖纸叠好收进衣袋,准备送给兰兰,她收集各种美丽的糖纸,并把它们夹在书本里。

李觉说:"从明天开始,我教你学习吧?文学、数学、物理、历史我都懂。我教你绰绰有余。每天两小时,上午一小时,下午一小时。我李觉以人格保证,不出三个月,我让你的实际水平超过高中。我要打开你的脑袋,让你思维爆炸!我要启发你的心智,让你这几个月过得像做梦一样。你知道我是谁吧,我是大学里走白专道路的典型,我有好多好多思考,在讲台上不能讲,现在,我将无保留地赠送给你!啊,你可能听不懂。不要紧不要紧,往往半懂不懂的东西才使人产生更深刻的疑问。你可以问我呀,我们可以讨论呀,你有你的直觉呀,你应当凭你的直觉来理解我的讲授。你今年多大了? ……唔,这年龄正是最关键的年龄,是少年到青年的转折点。你的某些心智,这时再不开发,就可能永远沉睡下去。在你现在这年龄段,可塑性最高,挥发性最强,心灵嫩得跟一团奶油似的,谁要是不当心碰一下你的灵魂,他的指纹就会永久留在你的灵魂上。我的意思是说,你的一生,很大程度上就看这几年的精神质量,就看你这几年练就的本事如何,剩下的只是实现它。此外,我们都太孤独了,到处被驱逐。不过,被驱逐的狗才会变成狼。而且世界上原本没有狗,只有狼。狗们是狼向人类投降的结果,为人所驱使。喏,就像医院里做试验的狗一样。啊,要学习,要思考,尤其是要善于思考……"

李觉兴奋极了,兀自滔滔不绝地说。他的神采迷住了我,而不是语言。我忍不住打断他:"可我没有课本啊。"

李觉非常沮丧地看着我。他的思维已经飘入那么高妙的领域中去了,而我居然提出这么粗俗的问题。他说:"记住,以后经过我同意再发问。"

"我们俩都没有课本呀。"

"你是指教科书。"李觉先纠正了我一下,再按住自己的胸口说,"都在我心里,你所学过的一切我全学过。当然,我的记忆已经把它们淘汰掉了相当一部分,凡是没淘汰掉的,才是最有用的部分。我准备教你的,正是那些最有用的东西。而最有用的东西,往往又没有那种吓人的严肃面孔,最有用的东西往往最好学,最有趣,最能培养人的创造力和欣赏力。最有用的东西遍地是教材,你比如这幅地图。"他指着墙上挂着的世界地图,随之起身走过去,"就够我们讲上个三五天了。你看过它几百次了吧?……但我敢肯定:你认真思考过它的次数,绝不超过三次以上。你先把它当一幅画来看,它有几种颜色?……对了,四色。颜色种类越少,地图越醒目。但最少不能少于四色,只要给我四种颜色,我就能使所有的相邻国家和地区的色彩不重复,即使一个国家和一万个国家接壤,彼此色彩也不会重复。这里就涉及一个非常有趣的题目:四色定理。它涉及数学美学心理学多方面知识,够我们讲几天的。假如我本事大的话,光这一个题目就够我讲半辈子!我没什么本事,所以只能讲几天。要是叫我的导师黄老先生来讲,他能讲一个天翻地覆。就这么讲,我们还没挨近地球形成、板块漂移等等地学常识呢。再讲这只药罐,又涉及一个圆周率问题,3.1415926 至 3.1415927 之间,尾数永远无穷尽。假如把自然看作是优美的圆周,把真理看作是简洁的直径,那么自然和真理的关系就像圆周率所暗示的:真理只能接近自然,但永远不能完全解释自然。这个道理在古希腊就明确了,而我们直到今天还为真理与自然的关系争吵不休,恐怕还得一代代吵下去。有些架吵得实在无聊,从旧无聊中延伸出新无聊,渐渐地连吵架本身也成为一门学科了……哎,我这样讲,你听得懂吗?"

"听得懂。"我壮胆道。

"不,你听不懂。要是听得懂你就是一个天才了,你只是听得浑身来劲、似懂非懂而已。对不对? ……唔,有这样的感受就不错。我从你眼睛里看出来一点灵气。我不该问你听得懂听不懂,我应该这么问:你愿意听下去吗?"

"太、太愿意了!"

"其实我在讲授时,得到的愉快不比你少,跟做一遍精神体操似的。我好久没这么跟人谈话了,再不谈一谈,我肚里的话也要变质了。"李觉静静地盯住我,仿佛思考什么。半晌,他断然道:"我不能这么随随便便教你,我还要看看你是不是值得我教。这样吧,我出几道题,你带回去解,能解出来的话,我就继续教你。一道也解不出的话,我就掐死心中的灵感,不教你了。因为硬教人,对人也没好处。那就是化神奇为腐朽,无聊!"

李觉给我出了三道题,限我二十四小时内独自解出来,绝对不允许同人研究,更不允许询问同房间的大人。这三道题是:一、有十二只铁球,其中一只或者轻了或者重了,但外表上看不出来。给你一架天平,要求称三次将那只铁球称出来,并且知道是轻了还是重了;二、给你六根火柴杆儿,摆出四个等边三角形;三、一头老母猪率八头小猪过河,等过了河之后一看,竟有九头小猪跟着它。问:这是怎么回事?

太刺激啦!我拿着那张神秘的小纸片回到病房,兴奋得难以自持。我又恢复了在学校临考时的那种激动,渴望着一鸣惊人……呵,好久没有这种感觉了,舒服得简直令人心酸。同房间的大人奇怪地问我:"你哭啦,出了什么事?"他们看见我眼睛里有泪水,以为是谁欺侮我了。那一瞬间,我非常厌恶他们的关心,好像是我的爱物被他们碰脏了。

我躲进被窝,偷偷地看纸片上的试题,全身每个细胞都在颤抖。那些题目,在今天看来,纯粹是趣味性的小智慧。但在我那个年龄,就像星空那样玄妙而迷人。它们的特点都是:乍一看去很容易,越用心想却越难。令人久久地在答案边上兜圈子,都能闻到它的味道了,就是捉不住它。我决心将它们全部解出来,非解出不可!如果一辈子只能成功一件事,那么我希望就是这件事能让我成功。整整一天,我像求生那样寻求答案,在被窝里画个不停。有无数次,我觉得已经解出来了,一写到纸上就成了谬误。李觉在窗外徘徊。过会儿消失了,再过会儿,他又在窗外徘徊。他是在窥探我有没有询问旁人。一看见他的身影,我就高度亢奋。同房间的大人们都惊愕了,一会儿看我,一会儿看看窗外的李觉。他们认为,我从来没有这样发疯,而李觉也从来没有这么公开地踱步,肯定是出什么事了……我无休无止地想呵算呵,渐渐地进入半昏迷状态。傍晚,值班大夫得到别人的报告,前来给我检查身体,他远远一看见我,脸色就变了。一量体温,我早就在发高烧。

夜里,我醒来,乳白色的灯光把屋里照得非常静谧,我床前立着输液架,正在给我进行静脉滴注。我凝视着滴管里的液体一滴滴落下,脑中极为洁净。外面凉台有轻轻的脚步声,我看不见他,但我猜是他。过一会儿,脚步声消失。我仍然心净如水,一直盯着那椭圆形滴管。一颗滴珠慢慢出现、再慢慢增大、最后掉下来,接着又一颗滴珠出现……我从那无休止的滴珠中获得一种旋律,身心飘飘然。蓦地,我的念头跃起,扑到一个答案了!那是第一道题的答案。我还没来得及兴奋,呼地又扑住第二道题的答案!我高兴得叫起来,苦思十几个小时不得解的问题,在几分钟里豁然呈现。呵,我差不多要陶醉了!就因为大喜过度,我再也得不到第三道题的答案了。不过,我已经很满意了。

翌日上午,我到李觉屋里去。他不在,接受理疗去了。我怪扫兴的,回到病房,大人们问我昨天是怎么了。我再也按捺不住,得意洋洋地将三道题说给他们听,让他们猜。

和我同病房的共有五位:两位工农出身的处级干部;一位经理;一位技术员;还有一位大学文科副教授。我的题目一出来,他们兴奋片刻,马上被难住了。那四人不约而同地直瞟副教授,而副教授则佯做没在意的样儿低头看报。他们只好胡乱猜起来,东一句西一句,甚至连题意也理解错了。到后来,他们反而说我"瞎编"。我则突然意识到:原来,我比他们都强!我解出来了,他们根本解不出来。我兴奋地大叫道:"你们全错了,正确答案是这样……"我把答案说出来,他们都呆住了,像看鬼似的看我。那位副教授脸红通通的,说:"是李觉告诉你答案的吧?"顿时,他们都恍然大悟:"对!你早就知道答案了。"

我呆了,从出生到现在,我还从没见过这么无耻的大人。我只知道世上有好人和坏人,只知道好人样样都好而坏人样样都坏,但从来不知道好人们也会这么无耻!我咬牙切齿地哭了,什么话都说不出来……

当我到李觉屋里去时,喜悦已经损耗了大半。我把答案讲给他听。那第一道,是一种复杂的逻辑推理,每一程序都涉及几种选择,只要思考得精深些,就能够解答。第二道则要奇妙得多,打破人的思维常规。在平面上用六根火柴永远也拼不出四个等边三角形,只能立体化,构置一个立体三角,像粽子那样。第三道题,我承认无能了。

李觉听了,面无半点喜色,愤愤地说:"这不是你独自解出来的。你欺骗了我!"

"不!都是我做的……"

"别狡辩了,再狡辩我会更生气。我……在窗外听见了,你们在商量答案。"

我不知该说什么。我刚刚从一场误解中出来,又落入更大的误解。我张口结舌,气得要发疯。李觉根本不在乎我的表情,依然愤愤地道:"我们刚开始,就该结束了。我讨厌别人欺骗我,即使不是欺骗我,也讨厌人们相互欺骗。我原来以为,你即使解不出来,起码也该尊重我的要求——独立思考。不懂就承认不懂。问了他们,就承认问了他们。你没有独立思考问题的毅力,而且虚荣心太重。算了,你走吧。"

我脑袋里轰轰乱叫,又悲又恨,想骂人想咬人!想砸碎整个世界!就是哭不出来……

正在这时,通往凉台的门被人推开了,副教授小心翼翼地走了进来,两只手如同女人那样搭在腹前,讷讷地说:"老李同志啊(其实李觉足足比他小20岁),我方才在外头散步,啊、啊,是随便走走。我不当心听见了屋里几句话,啊、啊,不当心听见的。好像是讲几道什么题?……啊,我可以作证,那几道题确确实实是这孩子自己做出来的。他做出来之后,又叫我们做。惭愧呀,我们……没在意,也没怎么去做。几个同志开他玩笑,说答案是你告诉他的,不是他自己解答出来的。现在看来,确确实实是这孩子自己做出来的。这孩子很了不起呀,我们委屈他了……"

副教授搓搓手,无声地出门走了。我终于低声啜泣。但这次哭得更久,怎么也止不住。李觉慌乱地劝我,言语中不时带出一些外语词汇,像是责骂自己。我想停止哭泣,偏偏停不下来。李觉起身站到我面前,深深地弯腰鞠躬,一下,又一下……我大惊,忍不住笑了。李觉也嘿嘿地笑,手抚摸我的头,许久无言。后来,他低声说:"你小小年纪,已经有几根白头发了。唉,你是少白头呵。"

我看一眼他的乌发,细密而柔软,天然弯曲着,十分好看。额头白净而饱满,鼻梁高耸,眼睛幽幽生光。啊,他本是个英俊的男子,病魔把他折磨得太疲惫了,以至于看上去有点儿怪怪的味道。他的手触到我的脸,像一块冰凌滑过。他的手纤细而寒冷。

李觉告诉我,那三道题,是大学校园里流传的智力测验题,几乎没有一个大学生能迅速把它们全部正确地解答出来。他们或者解出一题,或者解出两道,就不行了。当然,只除了一人,就是他自己,他在大学三年级的时候,只用了六分钟就全部解答出来,他对这一类事物有着天生的敏感,一碰就着迷。而且,只要有几个月碰不到此类事物,他就好像没命似的难受,当我在病房苦思冥想的时候,他非常担心我坚持不住了,偷偷去问旁人,那我就犯了不可宽恕的错误:无毅力,不自信,投机取巧。其实,只要我能解出一道,他就很满意了。在我用心过度发烧时,他非常感动,已经暗暗决定:只要我能坚持到最后而不去问旁人,那么,不管我是否解得出来,他都会收下我教导我。他说他不知怎么搞的,就是讨厌他们,不愿意他们介入我们之间(他说此话时,两眼跟刀刃似的朝外头闪了一下)。我把前两道题完全解对了,后一道题更简单,答案是:老母猪不识数。正因为它太简单了,人们才想不到它。它的目的是检验人能否从思维惯性中跳出来——尤其是前两道题已经形成了颇有魅力的思维惯性,正是那种思路使我获得了成功,也正是那种思路使我在第三题上失败。这种思维变调对于一个孩子来讲太过分了,接近于折磨。但我终究没有问任何人,并且独自解出两道。他为我感到骄傲,他说我有超出常人的异禀,只要稍加点化,前程难以限量。

我还从来没听人用这么深奥的语言夸奖我。当时,我根本听不甚懂这种夸奖,又因为听不甚懂,才模模糊糊觉得自己了不起得要命。我对自己的本事十分吃惊,飘然不知身置何处。

7

就在这天,李觉就着地面上的一片三角形阳光,跟我描述(而不是讲述)了三角函数的基本定理。他将"正弦余弦、正切余切、正割余割"等等要素,描述得像情人那样多情善变,那种奇妙关系让我都听呆掉了。在我一生当中,后来所学到的知识,再没有使我达到那天那种快活程度。后来在各种各样的学堂,人们所教我的知识只使我兴奋、使我智慧,但那一天,我深深地被地上那片三角形阳光陶醉。我感到太阳是宇宙中的一棵大树,地面上躺着一片专为我掉下的温暖的叶子,我把它揭起来看呀看不休,嗅出了自然生命的气味,感受着它的弯曲与律动。我不觉得自己是在学习什么——因为根本没有学习的艰苦性,倒像是和亲爱的兰兰搂在一起,幸福地嬉戏着。呵,少年时沾染到一丁点知识就跟沾染到阳光那样幸福,为什么成年后拥有更多知识了,却没有少年时那种陶醉呢?正是这种缺憾,使我长时间感慨:也许我真正的生命在结束少年时也随之结束了,后来只是在世俗轨道上进行一种惯性滑行。我渴望能够重返少年天真。

阳光在地面上移动,像一片小小的海洋。有好几次,李觉自己也呆住,情不自禁地用手抚摸那片阳光。他的手刚伸入阳光,阳光就照在他手上。于是,他又用另一只手去抚摸先前那只手。结果,总是阳光在抚摸他,而他永远抚摸不到阳光……我瞧着他样儿觉得很好玩,并没有察觉其中有什么异样。也就是在这一天,他跟我讲了太阳系,讲了阳光从太阳照到地球的距离,讲了我们都是宇宙的灰尘变的,将来还会再变成灰尘。他还用极其宽容的口吻谈到隔壁那些大人们:"他们都是挂在某个正数后头的一连串的零,他们必须挂在某个正数后面才有价值。而他们的真正价值,却只有前面的'正数'知道,他们自己并不知道。特别有趣的是,他们大都还不想知道,一旦知道会吓坏了他们。哈哈哈……"李觉已全然不在乎我是否听得懂,他自己在叙说中获得巨大愉快,他就是为了那种愉快才叙说的。而我,却感到巨大惊奇!原来,我身边的一切都跟神话那样无边无沿。

从那一天开始,我渐渐明白:任何一样东西,任何一件事物,任何一句最平俗的话儿……其中都潜藏着神话性质。

每天上午9点半,在医生查房之后,我都到李觉那儿去听他讲课。这时候他总还在吃中药,床头柜上搁着一只冒热气的药罐,黑糊糊的药汁散发苦香。李觉特别怕苦,每次服药前都需要鼓足勇气。他先剥出一颗糖放在边上,再端起药罐,闭上眼睛,猛地将药倒进喉咙,赶紧把糖塞进口里,才敢睁开眼。所以,我每次去他那儿时,都看见他口角上挂着一缕棕色药汁,每次他都忘了将它揩掉,药汁干涸后闪耀着金属片的光芒。我为此常感到,他那些话儿是从一块金属中分裂出来的。

我们的窗外就是横贯全楼的长凉台,我们说话的声音能透过窗子传到凉台上去。李觉高谈阔论时,凉台上常有人踱来踱去,做出一副没有听的样子在听。李觉全然不在乎他们,用后背朝着他们,继续高谈阔论。下课后,我回到屋里,大人们纷纷问我李觉讲什么,我就把听到的东西跟他们复述一遍。他们听了,或者呆滞,或者惊愕,或者轻蔑,或者连连摇头……都说6号房的那家伙犯神经病。我就和他们争辩,笨拙地抵抗他们,卫护自己和李觉。最后大人们总是大度地笑笑,不屑于和我争辩了。

我从他们的笑容中嗅到一股恨意,他们似乎在暗暗地恨着李觉,并且竟是以一种瞧不起他的姿态来掩饰着内心的恨。而我,却从中受益无限。一方面,我在接受李觉的教育;另一方面,我又在承受别人对李觉的打击。这两种相反的力量竟然没有将我压垮,反而使我激励出一颗强大的心灵。呵,这才是我毕生最大的侥幸。

副教授对此一直处之泰然,从来也不问我什么。当我在病房里转述李觉的话时,他总把那份《光明日报》翻得哗哗响,就像要从报纸上抖掉灰尘。整个病区只有那一份报,不知怎的,他有看报的优先权,得等他看完了,病房里其他人才能看。等我们这个病房的人看完了,才轮到其他病房的人看。而且,他不许别人看报时读出声音来,只许默默地看。他说呀,好文章一读就糟蹋掉了,必须细细地看。一旦读出声来,即使自己的声音也会吵得自己不得安宁,更别提别人的声音了。由于他这个习惯是那样的深奥,仅仅为此,病友们也都非常尊敬他。大家感叹着:得有多少学问才能养成这种习惯呀。所以,副教授读报时,他的口舌从不出声,只有他的报纸出声——被他翻得哗哗响。

这天我又通过长凉台到李觉屋里去,半道上碰见副教授。他用一句话儿挡住我:"X乘以Y的三次方,'根'是多少?怎么求?"

我愣住了。他首先看看我是不是真的愣住了,然后才温和地说:"听不懂是吧?昨天你还给我们讲趣味三角呢,它是三角函数中最有趣味的东西。你听不懂不要紧,用我的原话去问问李老师,看看他知道不知道。"说完,他笑笑走开了。

哦,原来这些天他一直在倾听我的话,也就是我所复述的李觉的话……我为此高兴了一小会儿,想不到我也能引起一个大教授的注意,他装作不注意装得那么像,毕竟还是暗暗注意了。这种暗暗的注意岂不比同房那些人惊惊诧诧的注意更带劲么?!……我还猜着点缘故,副教授叫我带给李觉的问题,恐怕是一个挑战。于是,我预先已激动得发抖了。

李觉看见我,劈头就问:"刚才他拦住你干什么?"

我又一愣,难道李觉也在注意他?我一字不漏地复述了副教授的问题,同时小心翼翼地看着李觉,等待聆听一场火热的答辩。说实在的,我渴望他们之间有一场唇枪舌剑。那样,我就能够亲眼目睹一场双方大展才学的奇观了。

李觉想了一会儿,说:"这无聊的问题和我有什么关系?"

"前天你跟我讲过趣味三角函数呀……"

"不!我没有讲过。"

"你说过的。X 和 Y 的游离关系,C 角和 B 角的向心性,你都说过。虽然我听不懂,但我就是听不懂,也觉得有意思得要命!你肯定说过。"

"我没说过。"李觉有点不耐烦了,"我从来不注意繁琐函数。那些破烂东西是他们以及他们之类的人们的事儿。"

我惊愕极了,李觉分明对我讲授过,为什么不承认呢?!……

李觉在屋里踱来踱去,兴奋地低语着:"看来他们很关心咱们呀,看来他们是在悄悄地关心咱们呀。我的课绝对不止你一个人在听,影响已经扩散出去了。好好好,很好很好。咱们再接着讲,咱们不但要讲历史,还要讲天文地理,就是不讲繁琐函数!今天我们接着谈奇石怪木。你看见那株柏树了么?"李觉指着山坡上一棵身姿怪异的老树,说,"他足有三百岁了,这是指它的生理年龄。我看它的精神气质不下于一万年。你好好看看,你把它看懂了,你就很了不起。"

这一天,李觉完全是在海阔天空地大谈历史轶闻,谈一些大才子的沉沦。是的,他对一些沦丧的才华特别敏感,对一些无情的帝王特别动情。他的思维太奇特了。现在回想起来我才理解:其实他不是在运用思维而是在运用感觉,他仿佛根本不屑于思维。我听得津津有味,好几次忍不住掉泪。我看见副教授在窗外伫立,分明也在听。李觉对他的倾听毫无反应,兀自激动地抒情展志。我知道李觉是佯作不见,其实内心肯定很得意。

一小时之后,李觉骤然中止声音,坠入沉默。这意味着:今天结束了。每次他都是以这种方式结束授课。我从李觉屋里出来,半道上又碰见副教授。他问我:"那个问题,李觉是怎么回答你的?"

我讷讷地:"他没有回答。"

副教授一震:"不肯回答?……噢,我明白了。"

"怎么了?"

"他用另一种方式回答我。今天大段大段的高谈阔论,就是对我的回答嘛。"副教授努力向我宽容地笑笑,然后愤愤地走开。

这以后,副教授常常到我们窗外附近倾听。李觉已经把他迷住了,在病区里,也只有李觉能迷住他。其他病友们都是工农干部,副教授对他们一团和气,然而除了和气之外,也就再没有什么了。他一直在被尊敬中孤守着寂寞。一天,李觉正在大谈秦始皇。

副教授终于不请自入,劈头道:"说得好说得好!始皇高绝处,在于为之始。始皇不尽意,难以为之继。我以前有个观点,恰可就教于你,拙作《先秦阡陌考》,大约你也是读过的,内中有半句话:'是谓非为尚为之不为,是谓何为不为而为之……'噢,可能有些费解。这半句话的意思——真是难为我了,当时写到此处,不敢全说,也舍不得不说,所以只成半句。它的意思是:……"

李觉听罢,豪情大发,和副教授辩论起来。副教授也精神倍长,本来只说一个观点半句话的,竟然从一衍化为三,从三衍化为九,滔滔不绝了。两人谈得痛快淋漓,我只干瞧着,一点也听不懂。但我心里有说不出的快活。

副教授说着说着,就在李觉床上坐下了,李觉也随之坐下,两人又说。蓦然,李觉在一句话讲到半截处不做声了,死盯住副教授:"我什么时候请你进来的?"

"我、我,这个……自己来的。"

"请你出去!"李觉手指着门外,和刚才模样判若水火。

副教授脸色由红变青,镇定地站起身来,一言不发地走了。

我大惊:李觉怎么啦?他们谈得那么亲切,横空劈了一刀似的,立刻就崩,从交谈中没有任何迹象,他好像瞬间变了个人。

李觉盯着我,追问:"他是怎么进来的?你说。"

8

……李言之入神地倾听着,不时唏嘘喟叹。我看出他颇受感动,并且因为感动而身体舒服些了。他脸上的神采,是那种介入了使自己醉心的工作才可能有的神采。他的左手也不再微微颤抖,而过去,那只手即使在睡梦中也颤个不停。他说过:那只手臂能把他整个人从梦中抖醒过来。现在,他跟一汪静水卧在水潭里那么从容,微微放光,生机盎然。

由于我如此动情地述说,渐渐地我对这个倾听我诉说的人,也充满亲情了。原先,是他要我回忆。但我讲到半截,性质变了。我已经不再是为他而说,而是我自己要倾诉,我被自己的意念燃烧了。燃烧得如此猛烈而痛快!我真没有想到,压抑太久的东西,一旦奔涌出来,竟能将人搜那么远。这是不是表明:某种不可思议的势头一直埋藏在我们每个人的心底,像埋藏火种那样。当它听到另一个火种的呼唤时才啸然而出,几乎把我们身心冲裂掉。啊,我忽然想到,此刻,我对李言之的情感,竟仿佛是我当年对兰兰的温情。他们一个是垂危老人,一个是如花般少女,截然不同的对象居然都能够唤起我那样清新的爱。也许,这都是由于我们身心受损太过的缘故吧。当年,兰兰患有重病;今天,李言之面临死亡……难道,爱与被爱,竟是人类特有的呼救与拯救?!

我确信,李言之就是当年的李觉!

尽管时光已逝去三十多年,尽管他已改掉名字,尽管容颜全非恍若隔世……但"李觉"只要在世上一露头我就能朝他奔涌而去。我能够凭借一股独特的气息嗅到他。

李言之说:"你的少年时代与人不同,身心方面受过那么多创伤,只要顶住了,就能使人受益无限,炼出一些不平凡的素质。天之骄子在少年嘛,你有一个值得自豪的少年时代。那个李觉,怪人哪异人哪。他对你的启蒙方式有巨大风险,要么造就你,要么毁掉你。我熟悉那类人,也欣赏那类人。他呀,一大堆灵感都会叫人拾了去,自己做不出一桩事。他那种人天生就不是做事的人,是编织幻想的人,是个终日拈弄诗意而又不写诗的人。他每一个灵感哪意念哪,在正常人看来都带有了不得的异见,沾上一点就大受启发,别人拿去就能闹出大动静来,偏他自己不行。他是满得溢出来了,像棵挂满果子的苹果树,非叫人摘掉几个才舒服。哈哈哈……我说得对不对?"

我点点头,掩饰着深深的失望。李言之是用科研语言在和我说话。这语言虽然准确,但距我的心境太遥远了,远得近乎失真,近乎虚假。

李言之伸出一根手指制止我出声,自己歇息了片刻,然后又说:"至于你么,你是人才呵,你的才华太过于锋利。你是一把窝藏在别人裤兜里的锥子,怎么讲? 第一,非出头不可;第二,出头就要伤人。你到所里来工作以后,我仔细看过你写的全部论文,乖乖,简直是我青年时候的翻版么,一个选题就是一个伤口,一个选题就足以把全室研究人员搁进去还填不满,哈哈哈……兼有深不见底和大气磅礴双重特性。我对你很有兴趣,很有兴趣。我老在想呀,此人的异禀是从哪儿来的? 现在我多少明白了,你少年时代受过创伤。你把那个那个……叫李觉吧? 对了,李觉的风味带进来了。你的心灵被他狠狠地冲撞过,呈现着畸形开放状态,像这朵玫瑰花一样,开得这样爆裂。它之所以如此,是由于那花匠刀剪相向的缘故。我们看它是美,它自己则是疼! 你疼么? 哈哈哈……"

李言之仿佛没有意识到:我是把他当做李觉来相认的。否则,他就是在公开地轻蔑我。我耐心等他笑罢,说:"能不能请你不再笑了? 或者非笑不可的时候,请给我打个招呼,让我出去后你再笑! ……那时候我非常孤独,又身患重病。我们贫乏到了把'毛选'四卷当小说看的程度。和兰兰的纯情之恋,又给我带来了那么大的污辱。我们给恐惧逼得走投无路了,医院里到处是死亡气息,我们都快要给这气息熏呆掉了。要知道,我们在很稚嫩的年龄就被捺进那气息里了,接受治疗的是我们的身体,而我们的心几乎成了一块腌肉!只有在李觉那里,我才感到安全,感到欢乐,还感到放肆。我们多久不曾放肆过了呀,快成了一株盆栽植物!我根本不是为了增长知识才华什么的,才去听讲学习。李觉也根本不是为了培养我教育我才天天讲授,不!我们都是由于恐惧、由于孤独、由于空虚才投靠到一起。你今天也许可以用审美眼光看待这一切,也许这样看十分精确,也许从中还能提炼出什么选题来。但是对我们来说,"我停顿了一下,盯着他低声道,"是三十年前污辱的继续。"

"对不起。"李言之咕噜着,"不知怎么搞的,一想到我快要死了,就有了胡言乱语的权利。要是不得病,我想我不会这么坏。唉,平生正经如一,到头来才觉得欠自己太多。"

我有点心酸,这位老人样样都看得太清楚了。即使想用手遮住双眼,他也能透过自己手掌看出去。"多年来,我一直在打听李觉的消息,真想见见他。但我一直没找到他,天南海北的,谁知道他飘逸何方呢?而且,此事想多了反而有点怕相见。我这人理想色彩太重,见了面也许会对他失望,还不如就将他作为一段回忆搁在心里。你说呢?"

"我不同意。如有可能,当然是见面好。"李言之断然道。

"真的么?"

李言之奇怪地看我一眼:"当然是真的。"

"好吧,你就是当年的李觉!"我说出这句话后,惊讶地发现自己并不激动,这和我几十年来所预期的情境相去甚远。我平静得很,自信得很,就跟把自己的脚插进自己鞋里那样,轻松得近乎无意为之。

"你的容貌变化太大,你改了名字,要不是你问我当年的事,我绝对认不出你来……"

李言之摇摇头,同情地道:"真抱歉,我不是李觉。刚才,我已料到你以为我就是李觉,但我确实不是他。你寻找他寻找得太久了,已经形成欲罢不能的潜意识。所以你看见我就觉得像。我理解你,连我自己也觉得挺像他。"

我顿时浑身发烫,声音都变了:"那你怎么会知道那所医院的细节? 那座被三角梅染红的小墓碑,太阳的独特位置等等,不是在那儿住过的人,不可能知道。"

"我没有在那里住过院!"李言之正色重申。

"我给你搞糊涂了。"我暗想,是什么缘故使他不愿意承认呢?

"我住进这所医院的当天夜里,忽然梦到自己只有二十几岁,到了一个和这里相似的地方。院墙上的三角梅呀,戳在塔尖的夕阳呀,小孤山呀……都是在梦里想到的。睁眼醒来后,相似的氛围立刻涌上心来,就好像时光倒转,往事历历在目。我以为只是个梦罢了,忽然想到:我在梦里所见的那所医院名字,曾在你档案里见到过。我不明白这是怎么回事,想和你聊聊,挺可笑是吧?"

我点点头。我明白这是怎么回事了,但我不能说。

"哦,我恐怕不能从这所医院出去了,真没想到会在这里结束一辈子。我总觉得,人无法选择出生,无法决定自己在何时何地被何人生下来;但是人总应该能够选择死法吧?能够选择在何时何地以何种方式结束生命吧,这是每个人的基本人权吧。坦率说,我希望的是'猝死',在死之前最后一分钟还饱满地活着,丝毫不受死神打扰。然后,突然从写字台边上倒下,没气了。一分钱医疗费也不花,一个字的遗嘱也不留,亲朋好友们吓一跳……多干净?千万别藕断丝连,像我现在这样尴尬。告诉你,我要求不住院,一直工作到死的那一天,领导不同意。我要求在救治无望时主动结束生命,也就是安乐死,他们更不同意。我不属于自己,我有社会影响,也有点政治影响,我要按照别人的愿望生存或者死去。你看有趣吧,我自己都快完蛋了,还没法把自己收归己有。还得说服自己相信:这样才最有价值。"

我沉默着,直到李言之问:"你在想什么哪?"

我说:"在想李觉。你这番话,很像是他的气味。"

"对喽,你还没把他谈完呢。后来你们怎么样了?"

"你真的想听?"

"当然。你老是把我和他联系在一起,我觉得有义务弄明白。"李言之微笑,并且鼓励地看着我,气色很好。

我轻轻地,一字一句地说:"他是个疯子。"

李言之脸色忽变:"疯子!你这是什么意思?"

"病区里的人都这么说他。实际上,他也确实是个疯子,患过精神分裂症。他在说什么,自己并不知道;他住在哪里,自己也不知道;他的才华已经变质,自己仍然不知道。我甚至觉得,他整天和我在一起,可是连我是谁都不会知道……"

李言之眼里有了可怕的神情,涩声说:"我懂了。你以为我是他……以为我曾经疯过。只是在恢复正常之后,又遗忘了自己。呃?"

我沉默片刻,不回答他的话,问:"现在你还想听他的事吗?"

李言之颔首不语,许久才道:"谢谢……想听。"

真是一种奇怪的句式:先道谢,再接受。纯粹李觉味儿。

9

也许我这么做太残忍了——对一个垂死老人讲述他自己所不知道的以往。

他一无所知,因而可以十分从容地死去,为什么要给他临终前增添痛苦呢?

是什么人,能够将他的以往成功地隐瞒了几十年不让他知道?仅此就令人惊愕。这种隐瞒近乎于壮举。

他自己不是一贯表现得非常开明,非常深刻么?那他敢不敢正视遗忘的自己呢?

他自己一直自视为不凡的人,那他敢不敢承认:他曾经有一段时间是非人?……

我觉得,他有权知道自己的一切。我要是真正尊重他的话,应该告诉他。即使他听了后会崩溃,也不该拿走他了解真实自己的权利。何况,也许他还会深深地激动呢,生命为此而大放异彩。坦率地讲,如果李言之就是李觉的话,那么我认为:"李觉"可能是李言之一生当中一个奇异而幸福的时刻。那种状态下的李言之多么透明,多么美妙,多么可爱,多么天然随意……

偏偏就在他成为所长——李言之的时候,那些透明与美妙,可爱与天然,大大衰减了。

当然,我不会刻薄地以为人都要变成李觉。我只是以为,即使是那样的人,也能显示出异常状态下的"人"的美!甚至能够将正常状态下的人们抛得更远,能够展示独特的生命价值。哦,我多想将这些告诉李言之。我这么多年寻找李觉,就是为了告诉他这些念头,以消除我毕生最大的悔恨。

我曾经参与他们——也即:和正常的人们一起,谋害了李觉。

10

……李觉低声哼起一支歌,那歌挟带着一股芬芳从大草原飘来。我听出是一支俄罗斯民歌,优美的曲调从李觉几乎破碎掉的胸膛里涌出,更有动人心魄的力量。哼着哼着,李觉滑到另一支歌曲上,哼上一气,再滑到下一支歌曲上。他就这么随意滑来滑去,不带词儿,也从不把一支歌哼完,每次滑动都十分自然,仿佛他的歌就是他的呼吸,就是一种漫步,就是轻抛妙掷,我听得好舒服呵。此时,阳光正照在他脸上,他面颊随即浮起一片红晕。过一会儿,阳光隐去,他面颊的红晕也慢慢消失。哦,正在消失的红晕真是最美的红晕!他将阳光挽留到自己脸上,像一束攀援墙头的三角梅。

蓦地,我看见科主任站在门口,默然注视着我们。科主任是一位六十余岁的老专家,我们每周只能见到他一次。每个病员见到他时,都恨不能将自己全部症状捧给他,以换取他的几句话,或者一个处方。他朝我招招手,示意我不要惊动李觉,让我悄悄地过去。

"他怎么样?"科主任低声问。

"挺好的呀。"

"你们相处得很亲密嘛,这样好这样好,保持乐观很重要。知道吧,最近的化验结果表明,你们俩的治疗效果最为理想,血项基本上正常了!再有两三个星期,我看你们就可以出院了。你们忘记了病,病就好得快。就这样保持下去吧,连你的学习也天天进步……"老头儿笑呵呵的。

"我去告诉他!"

科主任一把拽住我:"别告诉他!这是咱俩之间的秘密,好么?让他蒙在鼓里,到最后一起告诉他,让他狠狠高兴一下,好么?你是个小大人了,我只告诉你,有些病友一听说自己的病就要好了,反而担起心来了,生怕再坏下去。咱们别让他担这个心,好么?"

我非常高兴地接受了科主任的嘱托。

李觉仍在阳光下哼歌儿,半闭着眼,一碗中药搁在小茶几上,散发浓浓的香味。这一天我们没有讲授,只是散漫地沉浸在歌曲与阳光带来的醉意中。并且,把歌曲与阳光都拨弄得碎碎的,使它们变得更为可人。

我左右瞧着李觉,偷偷地用一个个念头去戳他,他依旧岿然不动,肯定正在酝酿什么深奥想法。我忽然觉得他真是了不起,跟童话故事中的闹海哪吒一样,玩着玩着就闹得天翻地覆了。在我那年纪不知道什么叫崇拜,心里却已经对他崇拜到家了。虽然世上有许多许多英雄或神灵,但他们都远在天外,挨我最近的只有李觉,独独属于我的也只有李觉。所以,只有李觉才是高踞云端又允许我随便亲近的神,我每一次靠近都被他提拔了不少。跟着他,常生出飞翔的感觉。在那一刻,我对他的依恋超出世上任何人。我整个心都叫他垄断了。

突然,我想带他去看看太平间,向他展示那个秘密去处。那地方把我压抑了那么久,我又怕它又难以割舍。我一直是把那地方,当做我私人秘藏的、恐怖的爱物,现在我要奉献给他。此外,在这个白森森的医院里,我还有什么值得奉献给他的东西呢?而我又是多么渴望奉献呀。我犹如拿出一个宝贝似的,将那神秘去处拿给他看。我还有个奇怪预感:李觉肯定会对那里大大兴奋。别人感到恐怖,他不会。哪吒不是喜爱深深的海底么?

我被这念头烧得又疼痛又快活。

中午,病区里就和夜里一样寂静。我走进李觉房间,昂然地说:"跟我来。咱们去看个秘密地方。"

我们溜出病区大楼,沿着那条花径直奔医院西北角。越往里走,花木越是灿烂,越是拥挤。即使是一朵小小的玉兰,在这里也能开放出脸盆那么大的气概来。即使它们拥挤在一起,每一朵也都像帝王那么自信。由于我知道前面暗藏着什么,所以我能比较平静地观赏它们,不觉得它们有多么神秘。与上次相比,花们更加凝重,似乎连阳光也扛不动,静悄悄的,这是由于它们都已经认识我的缘故。至于芬芳、清新、奇妙……则还和从前一样。李觉兴奋得都有点儿摇摇晃晃了,几乎每一处都要伫留。

"太奢侈了!太奢侈了!这一点点地方有这么多花儿……"

"奢侈是什么意思?"

"就是、就是贵重的东西多得过头了。"

"你不喜欢这个地方吗?"

"太喜欢了。为什么没有早点带我来?……哎,这个地方好像没人。"他站住了。

我顺着他的目光朝前看:三条腿仍然卧在花径当中,以上次那样的眼神注视着我们。连它所卧的位置也和上次一样。

"你要带我到哪儿去?"

"不要紧,三条腿最可怜了,不会咬人。你跟着我就行。其实呀,我们挨着它越近,它越高兴。它一眼就能瞧出人是不是要害它……"

"你要带我到哪儿去?"

"太平间。"

"什么?!"李觉直瞪瞪地看着我。

我一下子慌了,讷讷地:"要不,咱们回去吧。"

李觉站立不动,目视被花木掩盖着的前方,木然呆立。

我乱糟糟地解释:"兰兰的妈妈被送进那里去了,我和兰兰去看过她。窗帘动了一下,吓坏我们了……谁死了就把谁送到这里来,还有爱他的人陪着……"

李觉又沉默半响,慢慢伸出一只手来,握住了我的手,牵着我朝前走,脸上已是视死如归的神情。我捏着他的手指,像捏着一块发抖的冰,滑溜溜的。我非常恐惧地感到:李觉害怕了。我本以为是领了一位尊神来到这可怕的地方,可以借助他的力量战胜自己的恐惧。现在,我发现他比我还要恐惧。我好伤心。

李觉木然地朝前走着,像是被一股磁力拽过去的。也许:越是可怕的地方,对他越有吸引力。也许:可怕——本身就是巨大魅力。

三条腿卧在路当中,在这里它像个贵族。虽然低低地趴在地上,但目光很高傲。那神气,分明是拥有这片领地的神气。我们走到它身边,畏畏缩缩地取得了它的同意,然后越过它前去,它仍然卧在原处,只动了几下颈毛,连头也没回一下,李觉呻吟了一声,在抑制自己。

太平间出现在我们面前:月白色的墙壁,淡绿色门窗,黑色窗帘……不知怎的,看到它人就立刻栗然沉重。

李觉站在距离它十几米远的地方,目光直直地投向它,好久好久不出声。

太阳暖洋洋的。由于静极了,便可以听见阳光的波动声。

终于,李觉深深地叹口气。这声叹息使我顿时轻松,"走吧。"我说。

"那是什么地方?"李觉指着一座浅黄色平房问我。

"不知道。"

那所平房已爬满藤蔓,绿茸茸的,与太平间毗连,看上去很神秘。在我们脚下,并没有路通到那里,面前草坪却有一行隐隐约约的足迹蜿蜒而去。那是种暗示。

"太美了,真像童话。"李觉说。

我们朝它走去,浓郁的苦藤味儿涌来。地上的草们直挺挺的,踩它一脚,脚刚拿开,它们仿佛跳动般又站直了。平房门上挂着锁,锁扣儿却没有锁死。我们推门进去,怦然心惊:这是一间废弃的仓库,距我们很近的地方,站立着一具人体骨架,两只光秃秃的臂骨前伸着,黑洞洞的眼窝黑洞洞的口。一根细细的铁丝拴在他肋骨上,挂着个圆圆的铝牌,上面有他的编号。他站立的姿势非常奇怪,像一株被嫁接过的植物……

我们静悄悄地离开了他,一言不发,心跳得都要碎了!待回到阳光下,回到那条芬芳的小径,我才战战兢兢地问:"是塑料做的吧?"

"不,是真人的骨架。"李觉脚步很快,"我看出了骨质纹理,是人的标本。"

"人还要做人的标本?!"

"没办法,人对自己了解得太少了。"

"他站的姿势太可怕了。"

"他是为医学站在那儿的。那个姿势让人便于了解骨骼构造。"

我们再也没说话,回到楼内后,也不愿意进屋。我们站在凉台上晒着太阳,李觉硬邦邦的纹丝不动,蓦然说:"他们不该让他站着,应该让他坐下。让一个人永远那么站着,不累么?……"

直到我长大成人,直到我死去了第一个亲人之后,我才理解李觉话中的情感。

11

就从这天开始,李觉有点异样了。

他絮絮叨叨地跟我谈草本植物和木本植物,其中,总要提到那条花径。说它们"无所扰而美,无所欲而静",当亲人们送死者进去的时候,走在那条道上就是一种安慰。那条道容易使人产生幻想,心儿会为自己奏乐,使死亡变得美丽多了。有一次他甚至站在屋子当中,模拟那具骨架的站立姿势:"这不仅是一个奇妙的姿势,也是一个奇妙的念头站在这儿。"对于我,他也更加苛刻了,布置的一些思考题完全超出我的智力范畴。当我解答不出时,他好像十分高兴,换一道更难的题目让我做……当我连着失败三次以上,他才快快活活地、轻松自如地、一口气儿将三道题解给我看,问我:"怎么样?"我说了几句表示敬慕的话儿,以为说说就完了,没想到,他要求我"再说一遍"。我只好将敬慕的话重复一遍,这一遍只能是干巴巴的了。他修正我话中的几个字眼,使它们听起来美妙无比,让我按照他修正过的话再说一遍。这一遍,我干脆就是一只鹦鹉了。我发现,他非常渴望被人崇拜,非常喜欢我用热烈的辞藻夸奖他。这使我大吃一惊:他怎么会把我这个孩子的崇拜之情,看得如此重要?!他以前可从不是这样,以前他甚至连副教授的敬慕也不屑一顾……李觉的才华也变得锋利了,显示出精神暴力的特征。他指给我看:"隔壁的那些人多么庸俗,几个暖水瓶也争来争去。要是想治他们,一句话就够了:'你的血项拿到病理科去了!'一句话就把他吓趴下。哈哈哈……"当夜空明朗时,他要求我死死盯着仙后星座看:"多看看,再看看,一定要看出立体感来!……别以为那两颗星挨在一起,它们相距几十万光年呢。为什么人们老在心里把它们捏做一团?"还有一次,我有一个简单问题没回答出来,李觉竟用恶毒的语言诅咒我,说我"低劣的素质具有传染性,跟病毒一样四处蔓延",把他也给传染坏了;说他"尽管在学术方面比大科学家稍逊一筹,但内心所拥有的创造力已经达到临界面了,只差那么一点机遇"。他坚定地认为:"那些人害怕我做出巨大成就才把我冷藏在这儿,弄你这么一个小把戏来搪塞我。"……

李觉在抨击别人的时候,表情也十分平静,思维清晰言语精妙,一点也看不出病态。所以我感觉,即使他的抨击、他的诅咒、他的恨意……也是怪好听的。假如谱上曲的话,立刻就是一支歌儿。里面有那么多的象征和比喻,有那么多平日难得与闻的意境,他跟喷泉那样闪闪夺目地站在那儿,优美地咆哮着。

直到我成人以后,那深刻印象才化做我人格的一部分。每当我读到或听到一些质量低劣的咒骂时,不免想起李觉来。唉,你们也许能够骂得像李觉一样深刻,但你们能够骂得像李觉那样优美么?!如果不能,那么为什么不能呢?

当时,我经常惊叹地站在发怒的李觉面前,完全着迷了,犹如接受他的灌溉。李觉迸放一气之后,看看我,很奇怪的样子,然后哧哧笑起来,轻轻拍拍我的肩:"好啦好啦……"仿佛刚才发火的不是他而是我。他这种陡然涌出的温暖使我分外舒适,我们两个人眼睛都潮湿了。

李觉由愤恨转向柔情,其间并没有过渡状态,一瞬间他就是另一个李觉了。跟掐去了一朵花那么自如。他从来不是:先熄灭掉一种情感,再燃起另一种情感。他是一团能随意改变颜色的火,两种情感之间有彩虹那样宽阔的跨度。当年我只觉得带劲,要到十几年之后,到我足以理解过去的时候,我才为当年的事吃惊。

哦,一位被别人称做"疯子"的人,一位精神病患者,竟使我终生受用不尽!

他给予我的,比许多正常人给予我的合起来还要多。

……好久没有见到兰兰了,我差不多已经忘了兰兰。直到有天中午,我照例在楼内瞎逛,转悠到楼梯背后时,看见一行用铅笔写在墙上的小字:李觉是个疯子。

字迹暗淡,不留神看不出来。我认出是兰兰的笔迹。以前,这地方是我和兰兰经常秘密相会的地方,与李觉相处之后,我再没到过这里。此刻,看见兰兰的字儿,我忽然想她想得要命。瞅一个空儿,我溜过护士的目光,跑到楼上找兰兰。

兰兰在屋里对我做个"小心"的手势,悄悄出来了。"找我干吗?"她淡淡地说。

"你干吗要骂李觉呢?"

"没有呀。"

"我看见你写在楼梯背后的字了。"

"哎呀,你现在才看见?我以为你早就知道了……"

"知道什么呀?"

"你别碰我!"兰兰害怕地朝后缩了一下,上下打量我,"你真的不知道?"

"我什么都不知道。"

"嘘,那我到外面去告诉你。"

我们到了阳光地里,兰兰胆子大了些,说:"有好久啦,我早就知道啦。他是个疯子,本该住精神病院的,可是他现在的病呢,又必须住咱们这医院。所以,就让他住进来了,给他一人一间房,不叫他受别人打扰……"

"你瞎说,他好好的,每天给我讲课。"

"不是我说的,那天科主任跟护士长说话,我偷偷听见了。他们说,你们这种师生关系,对李觉是精神疗法呢。说因为你天天去听课什么的,李觉再不犯病了。说要让你们就这样保持下去。"

我大惊,原来我天天跟一个疯子待在一块儿!

兰兰见我面色剧变,连忙安慰我:"他现在不会害人的,医生说他是一阵一阵的。可是你想呵,谁知道是哪一阵呢?你千万离开他吧,别再到他那儿去了。真的,我气得都不想理你了,你情愿和一个疯子在一块儿,也不肯和我在一块儿。"

我头脑中已经轰轰乱响,几近于神智错乱。我又害怕又愤恨:

李觉是一个疯子,竟然没有人告诉我!

为了使他不犯病,才让我天天到他那儿去的。我岂不是成了他的一片药片么?

全世界都在欺骗我,利用我,谋害我……除了兰兰。当时,要不是兰兰站在我面前,那么亲切那么焦急地看着我,让我感觉到人的柔情,我肯定会变成疯子,像爆米花那样炸开。

这时候,漂亮护士走了过来。打老远就说:"哎呀呀,你们俩又偷跑出来了,说说你们这是第几次啦?怎么老讲老讲就是不听呀。明天探视日,我要告诉你们爸妈了。"她走到我们跟前,指着路边那个小小的花圃,"我问问你们,知道是哪个孩子把花糟蹋成这样?瞧那些三角梅、鸡冠花,成什么了,跟狗啃过似的。"

路边的小花圃,我们散步时常见它。它里面的花木栽种得十分规矩,只要稍有点损坏,就可以看出来。现在,好几朵最艳丽的花冠被撕裂了,地上掉落着残破的花瓣儿。

我猛然想起李觉口角上的汁痕。这几天早晨,我到他屋里去的时候,都看见他嘴边挂着一缕暗红色汁痕,我以为那是他吃中药留下的痕迹,现在猛想起,当时那碗中药搁在床头柜上根本没动,还在冒热气……

我恐惧地大叫:"是他吃掉的!是他夜里偷跑出来吃掉的!他是个疯子……"我轰然大哭。兰兰也吓得大哭。

漂亮护士开始不信,继之脸色也变了。她走开了一会儿,再出现时,带着几个老医生走来。他们问了我许多问题,又凑到花跟前去看。我说了些什么,连我自己也弄不清了。总之我不停地说着说着,只感到说得越多就越安全。

后来,他们到李觉病房里去了。漂亮护士带我回屋,给我服用了两片很小的药片,我深深地睡去。不知道后来发生的事。

12

我苏醒时已是第二天中午,病房里非常寂静。

蓦地,楼内传来一声长呼,是李觉的声音。他在喊我的名字:"你们把他弄到哪儿去了?让他来,让他来!我们刚讲到水的分子结构,还没讲水的三种基本形态呢。喂,你来呀!……别管他们的事。也别让他们管我们的事。你走开,出去!……"

李觉一遍遍呼唤我的名字,忽而高亢,忽而低微,嗓音热烈而焦急。他一遍遍地呼唤我,就是不肯停歇。病房里的大人们替我把门窗关上,声音仍然透过缝隙传进来。我缩成一团,怕极了,浑身发抖。副教授几次走到我身边,欲言又止,表情十分复杂。我恨他们,包括他在内的全体人们,都知道李觉是疯子,可就是不告诉我。他们全体大人合起来欺骗我一人,我万万想不到人有这么坏。我恐惧极了,愤恨极了。

李觉还在喊我的名字。我怎么也逃不开他的声音。他要再这么喊下去,我一定会发疯的……终于,李觉不喊了,开始像通常那样给我讲授,语调清晰明净,吐字发声都十分有条理,我隐隐约约听出他正在讲趣味三角函数,正是他第一天给我讲过的东西。现在,他以为我正坐在他的面前,正兴致勃勃听他讲授呢。实际上,他是在对着一只空荡荡的小板凳说话,他真的开始疯了。我受不了,我再也受不了,他将将我的魂掳去了。我把头蒙进被窝里流泪,整个人缩得只有针尖那么一点大。

夜里,我从梦中醒来,又听见李觉在喊我的名字,一遍遍不停。然后,他又开始对面前的"我"讲授着,直到天明。第二天中午,李觉再次喊我的名字……

我从床上跳起来,冲出病区,跑出大楼,直朝那条花径奔去,一直跑到无人处,才藏进一丛三角梅下面哭泣。我不敢回去,我也不知道自己哭了多久,三条腿慢慢地朝我走来,歪着脖子看我,然后,它卧下了,一动不动,它在陪着我,它半闭着眼睛,颈毛微颤。

兰兰来了,只有她能找到我。她一声不吭,站在我身边,把她的小手伸到我头上,轻轻抚摸着。突然,她低声说:"哎呀,你有白头发了。一根、二根、三根……这儿还有半根,一共三根半。"

13

李觉是东南某大学青年讲师,在校时,他就才华超群,目下无尘。他天生敏感而多思,经常发表一些大胆过人的创见。他讲课时,阶梯课堂里塞满人,几乎半个大学的学生都跑到他这儿来了。他屡屡讲得十分过瘾。他因为讲,而学生们因为听,双方都着迷了。大学的老教授们并非缺乏学识,他们只是不敢像李觉那样恣意讲学。李觉的父亲是中央委员,省内著名领导,李觉无论说什么有他这个背景在,谁也不会从政治是非方面挑剔。一次,他坠入一个艰深的研究课题,不能自拔。待他论文大致完成之后,忽然在他的稿堆上出现了一本书,一本半个世纪以前某外国教授论该课题的书。李觉的所有论点,无一不在该书中出现。而那本书内的论点与论述,比一打李觉加起来还要深刻得多,精彩得多!

当时,李觉就失常了。他不明白:

为什么从没有人告诉他这些呢?

为什么人们都在暗中看着他的蠢举而不点拨他呢?

为什么这校内藏龙卧虎,偏偏不闻龙吟虎啸,只有他这只蠢鸭夸夸其谈呢?……

他受到巨大的刺激,被送进精神病院诊治。刚刚好些的时候,不幸又得了重病,只好转入我们这所医院。院方开始不愿意收治,怕一个疯子闹得病员们不安。他父亲亲自到院长家恳求,说他儿子没有病,也绝不会疯,他儿子是用功过度累垮了。

李觉终于住进6号病房,医院里除了三五人之外,无人知道他的真实情况。李觉曾患精神病的事,被彻底封锁起来。何况,他看上去和正常人一样。他只有一项不正常的欲望:好向人授课。

天缘有定,李觉找上我了。而我正处于孤独寂寞中,立刻投向了他。

在我们全然无知时,医院方面密切注意着我们。他们发现,我们这种关系对双方都大有好处。对李觉来说,可以使他保持正常的精神状态;对我来说,则可以使我学习进步。所以,他们不但不制止,反而暗中予我们方便。比如,我到李觉那儿去过无数次,就一次也没有遇到医护人员的阻拦……假如,我和李觉就这么下去的话,我肯定永远不会知道内情——哦,那该多好呵。但是,人们太敏感了。生病的人,因为病因的奇妙作用更加敏感。很快有人瞧出异常,然后病区里传遍了"李觉是疯子"的故事。只有我和李觉茫然不知。我们,仍然在温馨的讲授中双双着迷。

这一天,病房里来了一位老者。我从众人的目光里,看出他是个大首长。他左边站着院长,右边站着科主任。再往后,站着一小群干部样的人。他走进我所在的病房,朝病员们拱拱手,非常客气地请他们"不要起来,快休息快休息……"然后,他的眼睛转向我,看了好久,点点头:"是个聪明孩子啊!"背转身,走了。

混乱中,我隐约听人低声说:"李觉被抬走了。"

我跑出楼道,看见一副担架,李觉躺在上面,像是睡着了,两条结实的皮带捆在他身上。他被抬进一辆救护车。他终于"出院"了。

大首长面色阴沉,朝四周望望,似在与这里告别。三条腿从他跟前不远处跑过去,他惊愕地看着它,然后生气地跟在场的人说:"你们看,这像什么话?在一所救死扶伤的医院里,居然让一条残废狗跑来跑去,病员们看了,能不受刺激么?来探视的人看了,还敢把患者往这里送么?……人们会联想的呀。我建议:尽快把它处理掉!"

院长和主任连忙答应。大首长又客气地朝在场的人们拱拱手,上车走了。

院长待车影消失,回头朝一位干部叹道:"听见了吧,不要再拖了,把它处理掉吧。"

院长和主任们也走了。那位干部对另一条粗大汉子吆喝:

"吴头,你不是好吃狗肉么,交给你了。立刻办掉!"

吴头朝花径那里走去几步,牢骚满腹地说:"这东西少条腿呢,味道肯定不正……"

我流着泪跑回楼里,不敢听三条腿的嗥叫声。在楼内,我确实听不见外面动静。但是,我清晰如见地感觉到:它正在用三条腿发疯般地蹦跳,它一头钻进花丛,拼命躲藏,棍棒如雨点击下,把花丛全打烂了。它的惨叫声在我心里轰响,就像……就像我在替它嗥叫。从此,我再没看见过它。

我走进 6 号病房,里面已经空空荡荡。病床被剥掉床单,露出刺目的床垫。遍地是各种各样碎片,都是李觉发病时砸的。阳光投入进来,阳光也显得坑坑洼洼。我站在屋子当中发呆,李觉的音容恍惚就在面前。副教授踱进来,一言不发,把我牵出去了……

半个月后,我也出院了。漂亮护士把我送出楼,她头一次没戴口罩,弄得我几乎认不出她来。以前,她的大半张脸是藏在口罩里的,我已经适应那个样子。我以为那副样子最美。现在她取掉了口罩,我简直受不了她的真实容貌。我呆呆地看着她,直到她叫我的名字,才相信是她。虽然她还是很美,在微笑。可我恐惧地朝后退,她的脸她的笑,如同一块优美的生铁在微笑。

我在医院大门口碰见了副教授,我猜他是有意在这儿等我的。

他送了我一支钢笔做礼物。他犹疑了好久才跟我说:"孩子,要再见了。我有一句话,你现在可能还不明白,但是你记住就行,将来会明白的。李觉是个非常可爱的人哪,当他呼喊你的时候,你应该去他那里,应该勇敢地去!只要你一去,他就会好的。你一去,他就不会生病。唉……"

副教授几乎落泪。

我忽然猜到:原来,他多次到我床头,就是想叫我到李觉那儿去,但他说不出口来。那样做,对我太残酷了。

14

这是我一生当中最大的悔恨。

副教授说得对,在李觉呼喊我的时候,我应该到他身边去,倾听他那些奇妙的讲授。只要我在他身边,他的感情、欲望、才华都得到伸张,于是他也就感到了强大,感到了安全,他就不会发疯。偏偏在李觉最需要我的时候,我因为恐惧而背叛了他。同时,我还将他视做妖魔,痛恨着他。

其实,在那所医院里,最孤独的不是我,而是他。

后来我无数次回想,李觉真是个疯子么?

当我们不以为他是疯子时,他好端端的。

当我们都把他当做疯子时,他就真的疯了。

那么,我们凭什么认为他人是疯子呢?我们据以判断疯狂的标准,就那么确定无误么?也许,我们内心正藏着一头妖魔。所以,我们总在别人身上看见它。

李觉是我的人生启蒙导师。如今,我身上的每一个细胞都因为他的刺激,而充满生命活力。我将终生受用着他,不出声地感激他。

15

……李言之入神地倾听,没有一句评价。直到我说完,他还静静地坐在那儿。从他脸上看,他内心很感动。我瞧不出,他是因为这个故事而感动,还是因为他就是李觉而感动。这可是两种全然不同的感动呀。我一直在期待他与我相认,但我不能逼他。我不能直截了当地唤他"李觉"!因为,此刻他是我的所长,是一位垂死的老人。几个小时之前,我们仍然有上下尊卑,我们仍然恪守着世俗礼节,我们仍然深深收藏自己。即使他就是李觉,"李觉"也只是他一生中的一个片断。甚至可能是他终生隐晦着的一个片断。他的一生已经完成,能为了一个片断来推翻一生么?再说,万一他不是李觉呢?万一他是李觉又从来不知道自己是李觉呢?他完全可能根本不知道自己曾经是谁。他还完全可能:被后来的、李言之的生存现实彻底改造过去了,已经全然成为另外一个人。他需要权衡利弊,需要考虑各种后果。需要把自己暂时搁到一边,先从组织、从大局出发考虑考虑,像他在位时经常做的那样。

李言之客气地说:"啊,谢谢你呀……"

我如棍击顶。呆了一刹,明白我该告辞了。我站起身来,李言之朝我拱拱手……我忽然想起了二十多年前,来医院的李觉父亲。一瞬间他们何等相似呵。

在门口,我碰到了他的夫人,她虽然满面愁容,但还是有规有矩地、甚至是不失风度地,主动朝我伸出手来,和我轻轻地、轻轻地握了一下手。唉,他和她,几十年如此,他们把自己控制得这么好,已经不会失态了。再痛苦也不会失去应当有的礼节。

由于他们如此平稳,如此正常,我一下子变得拘谨。我想使自己也冷若冰霜,想使自己也不失从容,但我怎么也做不到。我甚至怀疑自己是不是疯了,而他们才是正常人。对呀,你敢说你毕生当中从来没有心理失常的时刻么?敢么?!假如真的没有失常,那么你正常的时刻在哪里?

我又嗅到了那遥远的,从李觉那里飘来的精神暴力的气息。当时,那也正是李觉的精神魅力。但我已经不再流泪,我不是以前的我了。

下了楼,沿着一条花径步出院区。在一丛玫瑰面前,我站住了脚,我和它们很近很近。我在想李觉,他正藏在花丛中。我们曾那么接近于相认,最终并没有相认。莫非人和人永远不可能完全沟通,一旦沟通了,一个人也就成了另一个人的重复。

哦,我相信李言之不再是李觉了。李觉是惟一的,而李言之和李言之们,则挤满了这个世界。

回到单位,书记仍在办公室忙碌,面前有一大堆材料,他握着一管笔苦思冥想。我路过他门口,他叫住我,说:"医院来病危通知了,老李怕是不成了……唉,明天你一早就去守着他,有情况随时告诉我。我一空下来,立刻就赶去。"

"下午我在他那里,他还蛮好的呀。"

"是的,就是现在他也神志清醒,坐在沙发上。但是医院讲,他说不行就不行了,快得很。电话是刚刚来的。"

我看见他正在起草悼词,是上头让他"做点准备工作"。面前放着李言之的简历,从组织部借来的。我拿过它细细看着:

李言之,1932年5月生于江西赣州,男,共产党员;1945

年9月至1950年3月在某某学校就学;1950年3月至1958年7月在某某中学就学;1958年7月至1962年10月在某某大学就学;1962年10月至1965年8月在某某大学任教;1965年8月至1979年4月在某某研究所工作,历任:……

简历精确而细密地列出了李言之每一个足迹。但是,关于他生病入院一字未提。也许是什么人拿掉了,也许根本没有载入档案。他的一生被浓缩成薄薄的两页纸,我想起来,在我所见过的、摆满整整一面墙的铁皮档案柜里,放着无数这样的档案,切削得这样整齐划一……我蓦地想起二十多年前,在一间小屋里看见过的骷髅,他也被缩减成骨架了。啊,关于人的两页薄薄的纸,绝不是人。

凌晨,我赶到医院,李言之已经去世了。担架车从病房里推出来,将他送到我早已熟悉的地方去。一面雪白的布单盖住了他,只有头发露在外面。那位护士说:"他一根白发也没有呢……"

我看去,果然,李言之满头乌发,如同青年人一样。我不由得想起,二十多年前,兰兰就惊叫过:"你有白头发了。"

我跟随在担架车后面,走过长长的走道,继而来到楼外花径上。在清晨冰凉的空气中,在闪烁着滴滴露珠的花丛跟前,我强烈地想念李觉,我呼吸到我的少年时代。李觉说过,生命不灭,它只是散失掉而已……此刻,他也正像他说的那样,正在散失。我从每一片花瓣上,从优美弯曲着的屋檐上,从骤然飞过的小鸟身影上,甚至从正在梦中的、小女儿颤动的眼睫上……都认出了李觉的生命。

呵,人是人的未来……

而我,只能是此刻的我了!

1992年冬于南京太平门

最优美的最危险

最危险的东西往往最优美,最优美的东西往往也最危险。危险与优美,互相暗藏着对方,如同一柄剑的双刃。当两者都相当杰出的时候,就产生如下一些现象:毒堇;钻石;银环蛇;金钱豹;恺撒大帝;埃及女王克里奥佩特拉……

"美"与"险"凝成的结晶——事物,或者人物,或者景观,都具备既迷人又骇人的双重魅力,它令人类心惊胆寒同时又万世追逐不息。而且,越是有质量的人——英雄霸主们,越是追求美境与险境。甚至帝王大业即是美,帝王大业即是险。对于庸常境界他们不屑一顾只稍加利用而已,连他们本人都是美与险的产物。他们再造江山的同时不惜让人血流成河,当然为了那美境与险境他们自己也不惜殉命。即使是寻常百姓,也略爱些美与险,只不过没那么极端罢了。比如登高望远,吃吃河豚,隔着网绳看看猛虎与拳击,或者让武侠小说与警匪片把自己带进幻觉……这些,都说明美境与险境的种子暗藏在人心里。说得绝对一点,吗啡与可卡因也是一种美与险的结晶,它能提供奇妙致命的美感,为了那美感人们才不惜送命。很怀疑人类能否消除毒品,因为毒品与人类性灵暗通。即使消除了它,人类也会再创造出一种致幻物来调剂精神。生命一旦诞生,就奔着美与险那路子去了。理智挡不住生命,生命大于理智。正如你的直觉永远强于你的苦思冥想。

世上什么事物最优美也最危险呢?

在精神方面,是思想,或者幻想;

在物质方面,是兵器,或者由一柄弯弯的匕首所代表着的那种品格。匕首是世上最简单的兵器,简单的东西最富于代表性。

第一颗原子弹爆炸时,严谨的科学家竟用诗般的语言报告:比一千个太阳还要亮!……那颗优美的火球将科学家的数据逼成了诗,多么幸福的不幸。除那句诗外,他将无语说出爆炸的真实感受。迪斯科舞厅里激光束闪动着,它是光的极致,宛如漂亮水晶划空而过,把舞厅变成跳动的梦幻。那激光,实质上与致死力极强的粒子束武器同理。人们发明它,首先是为战争需要,后来顺手把最差最小的激光束掷给了舞厅。在舞曲中,我们已认不出它原先是一件武器。

假如你按动火炮的炮闩,上百公斤重的金属体竟如羽毛般轻轻地滑开,发出开香槟酒盖子似的声响。阳光从炮膛里放进来,无数条膛线旋转着奔向太阳,那优美的律动仿佛把你拽向太阳。风从炮口处撞过,碰出洞箫般低鸣,这时你会觉得深深的炮膛里不再是空的,它充溢某种欲望,渴望发射的欲望,它美得令人恐怖。巨大的弹丸就竖在炮座边,腰缠金黄色弹带,形体如同一颗倒置的雨滴那样可爱,内装浓缩烈性炸药。弹群从天空飞过时,切开的气流发出画眉鸟一样动听的鸣啭,声声轻灵娇嫩,撒娇似的偎进你耳里——死亡!假如把弹丸划空而过的声音关进鸟笼,人们都会把它当做珍禽鸣叫。谁会想到,死神与小鸟,就声音而言一样美妙。所以说无知接近于幸福,而大智大慧却成了既无痛苦也无幸福的菩萨。让我们顺着膛线朝前伸展——它的意旨是无限的。每一根炮管都延伸出一条弹道,势若撞出天外。通常我们看不见弹道,弹丸的速率是每秒三百米至每秒两千米,这么快的速度超出我们可视极限。但我们可以把它画成图谱,这时可以看出弹道是一条彩虹状曲线,即抛物线。当炮管抬升到最大射程时的仰角时,通常是四十五度角左右,弹道竟然弯曲成一种哲学:

它上升上升……接近峰顶时速度变慢,到达顶峰那个瞬间,弹丸竟然在空中停定片刻,是的,它完全不动。这时候,它的上升力恰好被重量抵消,它的前进力恰好被阻力抵消,飞行的弹丸在瞬间成为恒星,这片刻它无比辉煌。之后,它开始下落,弯曲着回到地面。这就是一条弹道的全过程,它像不像人生道路?而它在最高处停止着的那个瞬间,于弹道全段中恰是黄金分割率所在:零点六一八!假如你正在看电视,荧屏的高与宽的比便恰好是黄金分割率的近似值。假如你能活七十岁——人类平均寿命,黄金分割率所在又正好是四十余岁——人生巅峰期。从古希腊到今天,人们都认为黄金分割率在造型艺术中有极高的美学价值。今天对于它的评价已不止是美学领域了。弹道,这一单纯的线条究竟暗示着什么,又暗藏着什么?

古时候，铸造火炮和铸造铜钟是同一种匠人。钟和炮其实是双胞胎，放炮与敲钟都声震寰宇，在人们心目中，这两者都宛如天意。匠人们先把熔化的铜汁浇进黏土模子里，待冷却后，敲碎模子取出这实心的炮管铸件，反反复复地用重锤敲，再用长杆套上钻头镗孔，钻头依靠水轮带动，钻杆只一头有固定支架，只要镗孔镗歪了，这门炮便报废。镗出炮膛之后，再试炮，一次次射击，逐步增加装药和弹丸，直到最后，炮管里一半都塞满了火药与铅弹，火炮才算试射合格。那时候每一门炮都至少需要一个模子，每门炮都是一件单独的手工艺术品，世上绝不会有彼此同样的炮。因此人们才在炮身上雕上"天字大将军壹号重壹万零伍佰斤正"，"天字大将军贰号重玖仟玖佰玖拾玖斤半"……天字大将军某号，是火炮的名字，也是炮队的名字。古时候的炮兵是最勇敢的士兵，因为他们常常要死于膛炸，差不多每三门炮就有一门要在激战中发生膛炸，炮手们死于自己所热爱的武器，竟比死于敌手的还多。那真是个粗糙而伟大的兵器时代。今天的兵器和当年相比，很像是一台玲珑电脑站在巨大恐龙骨架面前。你无法判断谁更伟大。你如肯定其中一个，等于亵渎另一个。但如果讲美感，毫无疑问，恐龙骨架肯定比那只方方正正的魔盒子更美。如果讲战争体验，越原始的兵器，就越有杀戮快感。现代兵器已浓缩为一台电子操纵器，战场已浓缩成一只荧屏。直到战争打完了,那纤尘不染的战士还没看见过敌手,更没有马蹄击溅、金属碰撞之类的生命感。

苏联军官维克多投奔西方后,写过一本书:《铁幕后的苏军》,书中述说了一个具有深刻意义的事实:兵器越简单越好(其实,这跟西方智囊团崇信的"小的是美丽的"同理)。他回答询问"为什么苏联不生产先进的自行火炮,而喜欢落后的牵引式火炮"时说:苏联有的是先进的自行火炮(即,外观像坦克的机动火炮),但我们更热爱简单的牵引式火炮……

只有适合于你的你才可能热爱,这是无数生命淘洗出的真理。比方说迫击炮就属于最简单的,只需一个炮管,剩下的全都可以省略掉,却照样是一门炮,再聪明的人也不可能设计出更简单的东西了。一九四二年,德军打到莫斯科城下,苏联崩溃在即,全世界都注视着苏联兵工厂能开出多少辆坦克——当时战场上决定胜负的兵器,然而传送带上却不引人注目地滑出了无数迫击炮。火炮和弹丸甚至来不及喷漆就拉上战场。指挥员得不到其他重装备,迫击炮却拯救了苏联。"二战"中,苏联人生产了三十四万门牵引式迫击炮,比其他交战国的迫击炮总数还要多。它简单可靠火力猛烈,几乎无故障——简直没有什么部件可供它损坏。先进的兵器损坏一个电子装置就全完了,迫击炮不会,它太忠实于主人了。虽然射击精度稍差,但弹丸重,其火力强度能补偿精度不足还有富余。它的弹丸是铸铁而不是合金钢,这使它既便宜又能分裂出更多弹片;只要打进人体内,不论铁片或钢片都同样致命。简单的迫击炮更符合士兵文化素质,它是他们的情人,他们看不见大后方战略,看不见先进的武器,只看见迫击炮管可靠地偎在自己怀里。迫击炮群发射时掀起巨大火焰、声响、尘土、风速……哦,它不仅是炮群还是一大片上帝,仿佛大群狼犬为你扑跃吠叫,仿佛是士兵自己扑跃吠叫。火光与声响,才是战争的旗帜。胆量是战斗力中最不可测的部分,迫击炮便是你的胆! 反过来,我的火光与声响对你却是魔鬼,是压迫。你在肉体尚未给弹片击中的时候,灵魂已被那声势钉住了。

这事实启示了西方人,战后美英法都加大迫击炮拥有量并且改进性能,增加了膛线,将射击精度提高一倍,还生产出大量的自行式迫击炮。苏联不干,他们执著地固守自己的真理,像农民固守锄头。制造一门线膛炮的费用是滑膛炮的十倍,而作战效能只提高一倍;制造一门自行火炮的费用是牵引式火炮的十倍,而作战效能只提高三倍。如果代价大了十倍而收益只大了一倍或三倍,他们就认为那是一件拙劣的武器。

事情至此并没有完,其中暗藏着更加骇人的内涵:当敌人装甲集群包围上来时,自行式火炮因其机动性能好,炮手们便有了两个选择,战斗或者逃生。但是牵引式火炮尤其是迫击炮机动性差,炮手们便落入绝境,他们只有一个选择:战死。

战场定律之一:最大的战斗力产生于兄弟阵亡之后。

战场定律之二:怯懦者在绝境中会变得勇敢,而勇敢者在绝境中会变得疯狂。身陷死地,将逼迫人爆发出动物性本能。人的潜在力量原本就是无穷无尽的,只是没得到证实罢了。所以,你认为你能干多少,你就能干多少。你完全不知道你能干多少时,你往往能干得最多。

炮手们当然不会知道,眼前这绝境战前就被决策者们设计好了。他们眼前只有敌人,他们认为这一切都是敌人造成的,他们只能将临终仇恨全部喷泄到敌人头上,他们在那特定的时刻,已不再是为胜利为祖国为生存而战,而纯粹地彻底地为战斗而战。他们生命之火进入白炽色、体内细胞呈挥发状态,拿音乐来讲他们进入了华彩段,不是奏音乐而是音乐奏他。人的极限究竟在哪里,美就在哪里进入巅峰。"二战"中的库尔斯克战役,小小的苏军反坦克部队,凭借牵引式火炮阻止了德军上千辆坦克集群,不乏炮手抱着弹丸撞向坦克的、无效的纯拼命行为。他们胜利了。当然,火炮和炮手们几乎全被履带碾碎了。我无从猜想,烈士们身随弹碎时最后一个念头是什么。我知道,他们再现着古代炮手们死于膛炸的意境。

我想起斯大林一句名言:死一个人,我们会感到十分痛苦;死一万个人,就只是一个统计数字了。……你得承认,他说得无比残酷又非常深刻,差不多是优美的概括了。斯大林经常有一些绝境中的思想,他的胜利建筑在统计学基础上。简单地讲:你有一个士兵,我有三个士兵,那么我终究会战胜你;你的国家能够付出五千万条生命但你的国家只有五千万条生命,我的国家虽然付出了一亿条生命但我的国家拥有两亿条生命,因此你百分之百地亡国了而我只百分之五十亡国,因此最终胜利者肯定是我的国家而不是你的国家。……你又得承认,斯大林的取胜之道有如老农般可靠。蚁群会噬尽大象,人海将淹没武器的高山。

世界上两大武器系统:美制与苏制。

苏联人制造的所有兵器:坦克、飞机、军舰、潜艇……都含有迫击炮的特征,简单,实用,火力强大,笨拙而造价低,乘员不舒适。这些特征,曾被西方嘲笑,而后来却令他们尊重,因为苏军就靠这些武器赢得了战争。实际上,凡是苏联的工业产品几乎带有迫击炮的特征,他们生产的冰箱、机床、彩电、汽车……都那么结实厚重。可见战争在继续教导他们如何生活。

看一眼德苏战争的军用地图吧。希特勒进行的战争是非正义的侵略性的,可他们创造的闪击战略却多么优美:犹如一道闪电洞穿天穹,分离出每一个箭头都尖锐泼辣,痛快淋漓,符合兵器精神。这一道闪电击溃了整个欧洲,击溃了全世界传统军事思想,开创了军事史上新时代。斯大林进行的战争当然是正义的、卫国性质的,可是他所采取的战略,尤其是早期战略却多么丑陋:梯次防御,逐步增援,涣散而无重心,地图上一道道粗重图标七零八落……不仅德苏战争,整个战争史里都暗藏着一个更痛楚的事实:从纯粹军事艺术角度来讲,划时代的军事思想军事战略,大多是由侵略者那一方创造的,而由被侵略那一方消化吸收,最终击败侵略者。恺撒、拿破仑、希特勒,都是非正义的战争大师兼卓越的军事艺术开创者!我们最终消灭了他们,然而我们常常是用十倍的血肉才能埋没掉他们那一份。剩下的那九倍血肉,是我们为他们军事艺术而付的代价。之后,我们还得继承他们的军事思想军事艺术,犹如他们活在我们体内,活在我们兵器上。

在道德领域,美的可能是"善"的。

在军事领域,美的却是"恶"的,极尽风流的总是优美的"恶"。

我们再来谈谈枪。和巨型兵器相比,轻武器——枪,尤其是手枪,更像人的一个器官,像人肢体的延伸。假如一门火炮需要七个炮手操纵,那么每一个炮手都只是七分之一个战斗力,少了任何一个"七分之一",火力将降至为零。但是枪手们,每个人都是一个单独的战斗力。枪的威力小于炮,枪手的自由程度却远远大于炮手。从这方面讲,枪更接近于人的本性。世上最大的兵器——原子弹,也是最没有自由的兵器,使用它要经过总统甚至是某个国际联盟的同意。枪是每个士兵都可以任意使用的自由兵器,你爱打多少就能打多少,爱怎么打就怎么打好了。全世界为制造原子弹和防卫原子弹,花费了兵器史上最大量的金钱,可是自从它诞生以来只有过两次实战表演:广岛与长崎。而枪,仅在二十世纪以来就有过多少次实战表演呢?人类拥有着并且拥有过多少支枪呢?绝对是一个天文数字!所以,理论上最可怕的是热核武器,而实际生活中最可怕的却是普普通通的枪。

世上最著名的轻武器当属苏制 AK—47 步枪,也即我国军队最常见的冲锋枪。它性能优良,原型与仿型在世界各国繁衍,先后生产了约五千万支。它诞生于二次大战,到今天半个多世纪,却仍没被淘汰,反而形成了一个庞大的 AK 型枪族。就算它每五支杀伤过一个生命吧,也有一千万条人命。我们还没有算进 AK 枪族的其他兄弟。核武器两次实战爆炸,只夺去二十万条生命,和 AK 枪族的战功相比简直微小到可以忽略不计。AK 枪族设计者卡波什尼科夫是森林工人的儿子,毕生不是科学天才而是实用工匠,这种级别的才华刚好可配得上枪。他的创造物给世界带来的创伤无人可比——当然他是无辜的。但是,鉴于卡波什尼科夫的创造,斯大林授予他一个奇怪的荣誉:社会主义劳动英雄。这就幽默了。

美国被 AK 枪族挖苦过不止一次。美国的 M 型枪族(M—1,M—14,M—16)都是被卡波什尼科夫逼出来的,至今为止,M 枪族的战场表现仍稍逊 AK—47。前些年,美国加州疯子珀迪持一支自动步枪冲进托克顿学校,对着小学生胡乱开枪,两分钟射出一百发子弹,打死五人伤三十余人,最后朝自己开了一枪。没多久,欣克利为取悦女影星行刺里根总统,里根身中两弹。作为"全美枪支协会"会员的里根,被刺后威望更高了。他声明:危险不来自枪,武器不杀人,人才杀人。任何美国人都有持枪的权利(不怕民众持枪,反证了自己强大)。他否决议会控制枪械案,欣克利被判无罪,入院治疗。……事后,枪械商店被抢购一空。一首老歌重新流行全国:《幸福是一支温暖的枪》。珀迪所持自动步枪,就是

AK—47。作为世界上头号军火大国,AK—47如此得宠,不能不是个挖苦。顺便提一句:美国两亿一千万人口,竟拥有一亿四千万民间枪支,还不算武装部队所装备的正规武器。这只能说明,枪是人类的宠物,无数人爱着它。一亿四千万支枪,意味着一亿四千万种诱惑,一亿四千万个潜在的微型战争。

一个人应当充满性感,一支好枪肯定充满枪感。任何兵器,大自"星球大战太空武器系统",小至女士防身用的袖珍手枪,只要它是卓越的肯定就是一件艺术品。北京国际射击场展室陈列着许多精致枪械,其中有两支礼品手枪,只赠送国家元首级人物。枪身是贵金属,枪柄镶嵌珐琅,通身闪射珍珠般光辉,它们卧在墨绿色礼品盒里,如同少女裸卧在大理石浴池中,活活的一个意境,令人心旌摇荡。但它们仍然是枪,致死能力丝毫不损,只不过美感已大于枪感了。卓越的武器握进手中,便感到诱惑在掌中乱动。准星呼唤你去瞄准,扳机勾引你扣压,枪管挑逗你射击……它整个嵌入你的手形,撑开你的心窝窝,进入你的精神方式。它被你掌握的同时悄悄地改变着你,它向你献身的同时又垄断了你。不信么?当你握住一支卓越的枪而不允许射击、握住一柄名贵的剑而不能够杀戮时,你必然会感到意境不够完整,像憋股尿似的憋着那该死的瘾头。白天你憋住了,那瘾头夜里钻进梦魇,封存在潜意识里,冷冻在某种欲望中,并在某个时刻,跳出来谋求实现,或者报复你一下。……你和你的枪,其实是互相拥有的。要知道,任何武器,在铸造它时都铸进一种审美观,一种意识形态,一种哲学构思。它那魅人的造型、色彩、质感与动感,都是它美的包装,呈示着极高的观赏价值。而在最根本意义上,任何包装,都是为了诱惑你使用被包装的东西。君不见,战争恐惧者也会爱上一支枪,挂在墙上,像欣赏一件雕塑般欣赏它。兵器学家们有意识研究并创造着这种效果,所以战争智慧与战争艺术才不断发展。威力是什么?威力就是魅力。何物杀人最锋利?"美"杀人最锋利。

世上最热爱和平的莫过于母亲了吧?可是,哪一个母亲没有给自己心爱的儿子买过一支玩具手枪呢?那满街橱窗货架地摊,琳琳琅琅的都是武器仿制品:枪械、刀剑、手铐、装甲车、变形金刚……它们仿真到了乱真的程度,不仅具有枪械造型与金属质感,而且会发声发光发射达姆弹。它们可直接用于劫机或者挟裹人质。这意味着:机上乘客与人质,都承认它不是玩具,而是道道地地的枪。和平是一片母性,而战争则是一颗童心。母亲抱起儿子像蛋白裹蛋黄,生命才在一个椭圆体中蕴藏。和平与战争两者原属于人类精神双胞胎,劈掉一者另一者也无法独存。而且,你劈不断两者的血肉联系,就像你劈不断水。现在,不少城市儿童公园里,已展示着退役下来的真正的飞机巨炮,和花草驯鹿放在一块展览,美名"国防公园"。机翼上的弹洞还来不及修补,孩子们已爬进驾驶舱,坐进炮位,透过瞄准具观察另一个新鲜世界。那里面,旧日的一切忽然变得奇妙陌生:目镜中央有蓝色"十"字标,你把镜头转向哪里它也跟到哪里,深险难测,孩子凭直觉就能猜到它是致命的标志。透过它,树上的小鸟突然抵近,你可看见它的心脏正在腹部绒毛下面微微跳动,鸟儿一张口,你就顺着那嫩黄的小口一直看到它喉管里去……生命就是这样不堪一击。一片叶子遮住了太阳,叶片忽然半透明了,阳光透露出那叶片的丝丝脉络,跟人的血管一样美妙和脆弱,有体温有律动。……一颗小水珠正顺着弯曲的电线滑行,到中央,它停顿住了,逐渐增大,变圆,亮晶晶的,内部包藏一颗小太阳。接着,它由圆变为椭圆,下半部越来越大,上半部越来越细。终于,它悬挂不住了,凌空落下。电线上的残余水滴猛地朝上一缩,再重新聚集成一颗水珠。落下那颗,在空中画出轨迹,掉在石上迸碎。……这个过程,与飞机投弹几乎同理,更拥有同样的审美旋律。

孩子们在座舱内体验到了兵器与战争意境。孩子实际上就坐在那意境里。他甚至无需学习,无需军训,小手一搁上去,就知道那红键是射击装置。目光一搁上去,就知道那屏幕是罗盘。方向舵自动来到他脚下,操纵杆投进他掌中……我说过,好的兵器如同你的器官。你往当中一坐,它们就奴仆般地朝你投奔过来,每一件都吻合你身体:通讯装置吻合你的耳朵,射击键吻合你的手指,发动机吻合你的心跳,多普勒雷达吻合你的目光,电脑吻合你的思想,脉冲波吻合你的隐私,座椅吻合你的生殖器,……你下意识地辨认了它们,你穿衣戴帽那样穿戴起诸种兵器,你与兵器们彼此拥抱,你浸泡在兵器之中,你不仅使用更是享受着卓越的兵器,你与兵器们协同做爱、爱极性交。事罢,你又像雄鹰回收翅膀那样庄严地回收掉它们。最后,你就是它们。

于是,你和它便融化到一个共同意志或者指令中去了:射击。

虽然它不会发射,孩子们口里啪啪作响,替它们发射。

公园具备了战场性质,过山车拳击场射击房之类,越刺激的东西越具备战争暗示。人之初——善幻想(绝非"性本善")。孩子的灵魂嫩如一团奶油,不当心碰它一下,你的指纹就印在他灵魂上了。随着他年龄增大,那指纹发展成脑组织纹路,发展成一种人生方程,幻想硬化成为现实。我们不能说他"变坏了",只好说他"长大了"。我们无奈。我们深刻地智慧地优美地大度地无奈着……不管附加多少装饰词,无奈仍然是无奈。

伦敦将某处战时地铁车站,改造成战争博物馆,里面阴森潮湿,深不见底,陈列着"二战"期间的火炮、坦克、战斗机。它们不仅供人参观,也可以随意操纵。游客顺着小小的洞口下到地底,在铆死的铁椅上坐下,需一个一个进入——以便感受那份孤独。

阴湿气流涌来,昏黄灯光开始忽明忽灭。洞中猛然响起德国战斗机的尖锐呼啸,重磅炸弹撕裂空气,爆炸声浪击来时,你所处的地面、所坐的铁椅都剧烈晃动,洞顶洞壁掉落碎片,房屋倒塌,玻璃崩裂,儿童哭喊,母亲尖叫……利用现代科技手段,博物馆复制当年全部战争氛围,并把它们播放出来,让没有参加过战争的人亲历战争。

艾伦馆长吃惊的是,为了这八分钟的惊吓,游客们愿意等候数小时。长椅一次只能坐二十人,而每天排队等候者达两三千。他们当中,一部分是来怀旧,大部分则是来"补偿战争感",是花钱买一次战争恐怖。轻微的恐怖,往往能提供巨大的审美快感。假如与死亡擦肩而过,此人会终身津津乐道那次历险。人们憎恶战争,人们却爱欣赏关在笼子里的、安全的战争,只要它不把爪子伸出笼外就行。

自从我们祖先蜕去尾巴进化为人以来,人类就进入战争史。如果问世上先有犁还是先有剑,等于问我们先有左手还是先有右手。在人类还不能从大自然中分离出来时,只面临一个战争:人对自然的战争。当人类有能力从大自然中分离出来以后,就面临两个战争:一、人对自然的战争。二、人对人的战争。后者是战争的高级阶段。总之,战争是一种人类现象,动物界只有角斗而没有战争。既然如此,似乎只有等人再进化为超人或者非人时代时,这种人类现象才可能消失。——甚至连这判断也只是个愿望。每一次战争爆发,其罪过并不全在一两个策动者身上,根本原因在于人对战前那种和平的不堪忍受,对于自己力量的不堪忍受。当这种不堪忍受达到临界面,某人振臂一呼,万众持戈而起,就形成战争。至于这"某人"是谁,何时"一呼",呼出一句怎样时髦的战争主题,都具有相当大的偶然性。于是我们不得不迫近问题核心,并且忍痛朝深处穿刺:

A.战争能否消除?

B.没有战争的世界是不是一个幸福的世界?

C.果真消除了战争之后,人类会不会创造出比战争更可怕的东西?

D.这东西会不会更加令人着迷?……

西方战史专家统计,公元前三二〇〇年至公元一九六〇年这五千一百六十年时间里,全球共发生一万四千五百一十三次战争,只有三百余年处于和平状态,活活从战争巨掌中漏掉了。人类为此付出的代价是,三十六亿四千万人死亡,损失财富折合黄金可铺设一条环绕地球一周的金质长城。人们站在月球表面,用肉眼就能清楚地看见地球身缠一条金黄色腰带,这就是我们为所在星球建筑的辉煌。西方人真有把什么都换算成金钱的天才。敢于想象这么多的黄金,那心灵已在膨胀、神秘地悸动着了。

人类史上最大的灾难是第二次世界大战。它带来的剧痛消失之后,隐痛永远不会消失。隐痛是所有痛楚中最杰出的痛楚,它痛得叫你沉默无言。"二战"中直接死亡者有五千七百多万。其中,苏联两千零六十万,是死亡人数最多的国家。"每家餐桌上都有一把空着的汤匙",死去的多是男性青壮年,苏联男女比例经过战后四十年恢复,才上升到四十七比五十三,仍未达到战前水平。对于一个大国人口结构来讲,男女比例只要相差百分之一,就足以造成许多社会问题了。或者,本身就是问题的后果。

中国:一千两百万;德国:七百三十万,其中三百七十万是军人,平民死亡不到百分之五十,这点很重要;波兰:六百万,虽然只居总数第四位,但最惨痛却是该国,六百万人占他们全国人口近百分之二十,其中一半还是在焚人炉里烧掉的;日本:一百八十万;法国:八十一万;意大利:三十三万;……收获了半个世界的、最大的战胜国美利坚,只有三十八万人。

谁都知道战争是灾难。但它,仅仅只是灾难吗?

如果如此坚信,那就是歪曲了战争。

战争——这个人类伟大景观,极大地推动了人类成长,科技发展,文明进步。战争痛楚以及军事思想军事艺术,是人类精神宝库中的璀璨遗产。战争直接面对生死存亡,国家命脉,它不像有无一辆家庭汽车只关系到生活幸福的程度问题。因此,最多的聪明才智,最尖端的科技成果,无不最先运用到军事领域,反过来刺激聪明才智和科学研究的喷发。战争调节着人类的冬枯夏荣,活像物竞天择的自然规律那样,控制着人类这条大河不要漫出了堤坝。战争中的审美光芒丰富着我们的内心世界,诞生的雕塑、诗歌、戏剧、文学、影视,弹壳般蹦跳出来,闪射着不世之光不世之美不世音韵。蚌病成珠,悲剧升华为艺术至境……假如没有战争,我们将萎缩为原始人。战争是生命大炉,人类以身投火,炼成凤凰涅槃。战争是一壶老酒,酿尽天地精华,醉死万千好汉。

军事学家认为:如果一个民族缺乏尚武精神,如果在这个国家一个杰出军人的地位不及商人,那他们的版图就只是一块软腹部。

一个国家可以只有很少一点兵器与军队,但必须蕴藏着这样一种可能:天边一声枪响,全民族霎时蹦跳起来扑向天边,传送带淌出不尽坦克……无需多言。自古以来,凡大时代都充满金属碰撞与思想交锋,比如春秋战国,比如汉唐。而羸弱的时代则半跪着祈求和平,真诚地、战战兢兢地,比如南宋,比如晚清。

战争底蕴流淌在一切健康人的血脉里,它不仅表现为杀戮,还表现为强悍、绝境、拼搏、冒险、征服、创新、反常规、逆天而动、宁死不屈、伟大的恨等等阳刚品格。杀戮只是阳刚品格所拥有的上千属性中之一种。羸弱的时代掐灭战争的同时也掐灭这些品格,结果反而引来战祸。

为了不要战争而只要这些品格,我们就把战争底蕴稀释到拳击、足球、击剑、赛马等剧烈运动中去,稀释到弈棋、探险、警匪片、电脑游戏、事业拼搏之中去(它们原本就有战争延伸物的性质)。我们化剑为犁,秦始皇曾将天下兵器铸成十二铜人;我们跳出战火谋求凤凰涅槃;我们不饮而醉,就着枪管吹洞箫……都证明我们聪明了,被战争升华了。准确说是曾经聪明了,曾经被战争升华了。到头来还是走了一个圆,回到起点。战争没被稀释掉,反而在这过程中移植栽培,如影随形拖在我们身后。随着时代进步它也进步,它甚至走到时代前端,它牵着时代迈大步!像孩子牵着母亲,像顽童牵着水牛。它和其他领域相比往往最先开始优化组合,升级换代,变得更加精致,更加精美。它在人类的反战声中成长壮大,越演越烈。反战史就是战争发展史。

我再不泛泛地反对战争。我只反对那些丑陋的战争——而且首先出于对丑陋的恨。因为丑陋的战争才表现为屠杀。诸如苏联卫国战争早期,斯大林的拙劣战略导致数百万红军被俘,反过来讲等于帮助对手屠杀了兄弟。目前,欧洲那些分离出来的山地小国难民遍地,所进行的粗劣混乱的无限战争,若从审美角度看则是:神圣庄严兼鼠窃狗盗。其实东西方的职业军人都非常厌恶这些战争,特别是"无限战争"。它不但打烂了民族心智,还毁掉了军人所自豪的那种职业艺术,毁掉了军队肌体与特性,将军与士兵俱坠为绿林枭雄,八分钟内可以收到十七道圣战指令,每天要打二十五小时……职业军事家远远看一眼那发霉变质的战场也觉得屈辱。真正的战争精英们,有时恰恰是宁死不战、宁死不为的。现在高品质的战争已经接近于艺术创作,它只杀敌手不杀(尽可能少杀)平民百姓,它干脆利落地取胜尽量减少痛苦,它重视战果也重视道德与文化评价,它在开战之前就明智地构思了战后,它万众一心的同时人人又具备自己的想象力。……战争越来越作品化了。

海湾战争剖开一个战争新时代,美国及盟军占尽压倒优势,却仿佛平等地把弹丸之国伊拉克当做对手。它们不屑于偷袭或将偷袭硬叫做奇袭,而是古典地掷去一个白手套,喝道"拔剑!"并将日期、战略、目标和时限等等本属军事绝密的东西告知对方,打一场透明的战争。精确制导飞弹理论上已可以从几十英里外飞来,命中地面上一枚镍币,实战中也大致可以两枚飞弹钻进同一个弹洞。战争成为外科手术,只取敌人首级不伤平民百姓。每个军士手里都拿着香烟盒那么点的卫星导航终端,在茫茫沙漠里,二十四小时提供两维坐标(经度与纬度),十八小时提供三维坐标(经度纬度加海拔高度)。它的价值不仅是让人员坦克飞机随时知道自己的战场位置,还有个安全心理:你不孤独,你背靠着整个世界!这太可怕了,须知在我们辽阔国土上,许多地方连准确地图还没有。这已经不是打仗而是表演。美国等朝海湾一站,向全世界卖弄西方人的蓝眼睛黄头发、粗密胸毛和炮弹般生殖器,展览着它的人种、体制、文明和不可战胜。战争在一个更高境界上还原为游戏,开战之前胜负已定,剩下只是在全球赢得更多的票房价值。

萨达姆明知必败还要打,他不是为胜利而战,而是为怎样失败才最有价值而战。胜负降为次要,重要的是:你敢不敢与自诩上帝的人为敌?你基督教的神,比我伊斯兰教的主更伟大么?我不信!要试试!萨达姆死前两脚先占稳"不朽"二字,悲剧性地神化了自己与自己的战争,战争在他这方面还原为更加本初的生命机制,像心跳像呼吸,心灵沿着膛线射出,炮口插着信仰的大旗。

两者都以不同形式,使当今战争变得比传统战争更优美。同时,有没有变得更恶呢?让我们还是从海湾战争的战地拾来一颗普普通通的反步兵雷考察一下。

它与一盒百雀羚香脂一样大,塑料制品,乳黄色(根据战场地表色彩,工厂可以制造出任何迷彩),扁扁的,也略带芬芳。内装十几克高纯硝化锶炸药,只需十公斤踏发力度,它就会爆炸。爆炸时不产生任何金属碎片,只靠刹那间的气浪叼去你一只脚踝。它便宜得很,却相当可靠,可通过火炮飞机等多种手段布设,漫天雨点般播撒下来,混进草木沙石,有效期长达数年之久。即使陷入厚土中,表层如踏上一只脚它仍然忠贞地爆炸。传统地雷恨不得取你一条命,它只取你一只脚踝,多一点都不要。我说过,最大的战斗力产生于亲人阵亡之后。可是踏上了它,你的亲人或者兄弟没有阵亡,而只是半死半活,你这个班就尴尬了。你没有死了人要报仇的心理,却得料理一个负担。他哭泣呻吟动摇军心,军士要派两个士兵抬他下去——等于减员三人。否则,当场结束他的生命——你得替敌人枪毙他。事情至此并没有完。国家处理一个烈士发放,几百元抚恤金就够了,而照料一个伤残军人的终生却不知要花费多少钱。烈士还可以唤起民族的亢然之气,而伤残军人走在路上都是歪歪的,终生都得由他人照料。他成为负面效应,成为某战争的失败广告……看看一只小小百雀羚盒子,可以从对手那里谋取多少利益。这仅是现代战争的军事智慧之一。这种性质的智慧,凝聚在天空地面海底……几乎所有武器的设计原理上。

战争遗留了多少残骸?大地寸寸触目皆是,人心几成一面碑,锲满深痕与深痕般的文字。其中有一种残骸,兵器或武器的残骸,却被世人们忽略。其实真该略予欣赏。只说销毁核武器,就是核大国的灾难性工程。无数科技人员得钻进地下发射井般的掩体内,从每一个核弹上拆下上万个元部件,核弹内的氢与铀,需稀释后才能用于核电站,每个步骤都是险境,他们带着想象肢解魔鬼,工厂警卫比真正的发射井还严密……还有南亚的丛林,太平洋海底,欧洲都市下水道里,仍然潜藏不可胜数的地雷和爆炸物。战争过去几十年了,它们并没有失效。它们搞得当地人民不敢进橡胶林,搞得主航道突然浮起一个金属圆球,搞得挖掘机莫名其妙地炸断了巨铲……任何战争结束之后,剩余兵器都将反过来报复和平。因为,兵器已获得它自己的生命。它原本是从消灭生命中发展起来的，当然要抗拒别人剥夺它的生命。

巨炮膛炸了，几寸厚的合金钢像棉絮那样撕开，每颗金属粒子、每个小剖面上都闪射虹光，成为力量性的雕塑品，呈示怪异奇丽的美。它以拒绝死的姿态死去，它真是卓越的残骸！

见过一根生长着的竹子，伸进死者的钢盔里，将它顶得两丈高么？微风吹拂，双双无语飘摇，死与生如此辉煌地结合着。

见过一根老藤，钻入一支枪管里，拔出来以后，它浑身笔直，上下缠满了旋转的来复线么？草本的生命，一瞬间熔出金属光辉。

珍珠港海水中，至今还停放着当年沉没的"加利福尼亚"号巡洋舰。那是日本人偷袭时击沉的，美国海军让它睡在海底，另造一艘"加利福尼亚"服役。海底这艘成为那次战争的水下纪念碑，供世人尤其是军人参观，以记住昔日耻辱。太平洋的海水将那艘巡洋舰揩抹得铮亮，放射着银色的光，舰舷距水面只有几尺，镜子般地卧在那里，具有真实与梦幻双重意境。它是一件获得了更大生命的兵器残骸。

那天黄昏，我独步山野，听到矮墙后面发出洞箫似的风鸣，转过去看，看见荒草上堆满墨绿色炮管，榴弹炮管、加农炮管、迫击炮管、坦克炮管、无后坐力炮管……它们都是一门火炮身上最雄硕的部分，现在像一把火柴杆撒落在这里，竟另有一番逼人的气势。风在炮管里钻进钻出,吼叫出膛线的旋律。野草基本与它同色,从一切缝隙中探出来,使炮管具备毛茸茸的兽的感觉。我去过屠宰厂,我知道某一片车间可以全部是鸡腿,另一片车间可以全部是胸肋,再下一片车间可以全部是内脏。而面前这片山野,则全部是炮管……

夕阳烈烈,放射着宇宙的核能。一片金光将它们覆盖,我听见天边如雷般低吼:

看哪,古老山野里,匍匐着大块文章。快泼去你的茶,酿出你的酒!

棋人小品

一

下棋的人都知道,围棋是一项至情至性的运动。大抵你有什么样的性格,便有什么样的棋路。嗜好斗杀者朝棋枰前头一坐,绝对大砍大杀,满盘龙吟虎啸,即使你是一个温文尔雅之士,与之对弈,也不能不被他带起杀性来,双双死斗成一团;而性情飘逸者弈棋,弈得好坏且不论,棋势可真是行云流水,沾地便走,兀自赏心悦目。当然,下到后来,棋枰越来越小,双方终归要有搏杀。但是那种搏杀,已是兴之所至情之所至,于死生之地而不能不拼,这和为过过杀戮的瘾而下棋截然不同。总之,棋枰只是一个承载物,一盘棋便是一幅双方性情营造的作品。甚至,下棋的人因被棋所迷所误,也不免作品化了。这些年来因下棋而阅人,深感棋艺可叹赏,棋人更可叹赏。

二

凡好弈者,不免自视甚高,四处索战,弄得外界都知道你会下棋。那一年在福州,因某事到一个报社社长舍间,他是军中前辈,素有善弈之名,约我晚间去雅舍下棋。我兴致勃勃地去了,意欲好生向他"讨教几着",其实杀性已起,要将素有盛名的他扳倒。晚间按时到他书房,他是一人独居,房子阔大,且已将棋枰、茶水等物准备齐全,见我便问:"怎么就你一个人?"我十分诧异,这话问得奇怪,我一个人才好跟他下啊,难道还要弄一大堆观众围观不成?

前辈这时才说,他不会下棋,但是极爱看人下棋。我不信,因这显然是善弈者的套话,硬催他摆上棋子对弈,才开局,就明白他确实不会下棋,我好扫兴,像是给他诓来的,走又不是留又不是。但是我棋瘾已动,难以遏止,当下就给另一个棋友挂电话,请他即刻赶来下棋。十数分钟后,棋友到,我俩对枰相坐,掷子有声,弈得十分快活。那位前辈,整个晚上就在边上坐着,神无旁骛地看,偶尔也赞叹一两声,大约是证明他的存在,直到半夜,我们兴尽而返,他仍然精神抖擞,挽留不止。我们坚持走了,前辈约我们明日再来。

于是,连续三四日,每晚我们都到前辈家去下棋,这位前辈每次都在边上坐着,眼不错失地观战,抽着劣质烟卷,茶水喝得卜卜响,始终兴致盎然。……后来,我和那位棋友因为忙,不再去他家下棋了——实际上觉得在那儿下棋不是个事!活像表演。

我问过机关里的老人:某老究竟会不会下棋?他们均断然道:下得好!下得好!我们都下不过他,云云。此事我至今不解:一、前辈显然不会下棋,何以竟有这么大的善弈之名?二、既然不会下棋,何以又如此酷爱观棋?他于茫茫然中又能观出个甚来?三、既然又爱棋又爱观棋,为什么至今不会下?须知他已看了无数盘棋,早该看会了呀……不解不解,久之,我也不想索其解了,只隐隐觉得,前辈与棋的关系极有趣味,极有内容。

三

机关里人终日忙于事务,善弈者不多,但气昂昂自以为"五十步内平天下者"竟有不少。一日,张友拿着一份材料去找江友核实出处,恰巧两人都嗜棋。此人见了那人,指着材料中某段,笑道:"看你这臭棋,写的什么东西!……"他本意是说材料中某段文字不确,只因脑袋里正想着棋,一开口竟将棋枰上的笑骂语言说了出来。这位朋友当然不依,当下就要找回名誉来。两人关上门,蹑手蹑脚摆上棋,于办公时间下起棋来。因那棋盘是塑料布的,办公桌摆不开,一只角儿就垂在桌边上,每每下到此处,一人就用手掌托着它,小心翼翼朝上面落子。每落一子,双方都要确认一句:"看清楚,是这儿噢!"……虽然如此,两人仍乐此不疲,直下到深夜。其间,常有手掌不稳,致使棋子错动的事儿发生,两人就争执不下,彼此都认为对方棋臭无比,到最后,还得重开局再战。他们下得忘情,及至第二天天亮,家人到处寻找,他们才从办公室出来,跟人说是"赶材料"。临分手时,张友忽然想起某盘棋某子摆放有误,立刻在自己巴掌上指指点点,说对方那盘棋是输定了的,叫:"你混赖了去,不算。"江友反击道:"在这子之前,你在左角打劫时已经输定……"双方只好说定,吃罢饭,再到办公室来"赶材料"。

这天下午,我到办公室去取那份材料,敲江友门,听里头道:"等等……"我等了几分钟,门才开。原来,他两人都用手掌托着那只棋盘儿,分不开身,待下完此局,才能给我开门。我说,你们干吗不到会议室下呢,在这窝着多难受!他们猛想到今天是星期天,不必避人眼目的。于是冲到会议室,在双人床那么大的桌上摆开棋盘,狠狠地下起棋来,两人都觉得自己很冤枉:早在这儿下的话,"你早完蛋了!"

附带说一句:将近十年过去了,张友和江友棋技仍未有丝毫长进,却仍然双双指责对方棋臭。而两人的写文件、抓工作、当领导诸项本领,却已远远领先于机关同仁。棋痴乎?人精乎?

四

临睡前我喜欢翻翻棋书,床头总搁着几本。可以说,我每日最后一件读物,常是棋谱。我拿它来消闲,或者消烦,洗心荡气。

棋谱这东西,是一种散文似的智慧小品,每份棋谱都是个有灵性的、活生生的小宠物。它们虽然属于围棋大师的作品,但并不因此而高不可及。假如你会看,它就变得大起来,无边无沿,美不胜收。假如你不会看,或者从最平庸的角度看它,它也能变得轻薄而平庸,像一道简单算术题。总之,它因人而异,总是恰对你的口味,总是恰恰站得和你的境界一般高,绝不高出一点儿。仅此,它就够妙的了。

棋谱这东西,从造型上看,也像一幅版画。有的古朴,有的灵动,有的深奥,有的淡如云缕,有的浓作一团……而且,因篇幅所限,每个棋谱都是一局棋的局部,每一个都没有结束,因而要求你用自己的智性去发展去拼接。看着看着,你就不得不进入创造了,把自己搁进去,弈上几着再同大师的着法比较。所以,它又是有形有声有问有答的,同时没完没了深不可测。读一份残谱,如同一口老酒呷在口里,那滋味缠绵不尽,九曲回肠。

每份棋谱都有个小题目,干脆明朗,俱是大手笔。比如:《过分》、《不尽意》、《崩溃》、《奇妙的感觉》、《宁死不走》;再比如:《失调》、《贪婪》、《弃子腾挪》、《窥视两边》、《要点一击》……凡此种种,几乎是在说丰富的人生。围棋的基本要素是算力,但是棋的生命却是感觉,几乎所有的棋谱题目都是感情性的、情绪性的。因此,黑白子们簇拥着一股诗意,都聚集着一种人生境界。我常想,自己作品的题目要都能像它那样精彩该多好。

读谱像看画,随手抓起一本就能看,不必找开头,也不必读到结尾。兴之所至就看,兴致所终便弃,十分地随意。它比看画更惬意的是:棋局并没有上下左右,也就是说你横着看行竖着看也行,彻底的自由!它像星空那样铺在你掌上,任你观赏,怎么看它都是天然自在的它。就这点来讲,棋谱仿佛非常原始,回归到了上下左右不分的混沌一团,那味儿就跟天地未开似的。但是,它时时在动,每份谱都是棋的一个瞬间。打个比方来讲:水在天上时是云,在地上时是江河,而从天上往地面掉落时就是雨——也在此时它是棋谱。棋谱跟音乐那样抽象,看上去也像五线谱,读谱时,心儿得在上面滑动才行,滑得起来才能感觉到它美。棋谱又非常具体,一子是一子,呆拙至极,仿佛死在那里。……欣赏零零碎碎的棋谱时,就像欣赏一个个念头。你可以全心全意地看它,也可以半心半意地看它,还可以似看非看,还可以拿自己的念头裹着它……总之,随你。接着,人就困了,身心化掉似的睡去。

所以书架上虽然放着许多大书,但翻弄得起角儿的书,总是那几本棋书。

毕加索的轰炸

毕加索作为二十世纪最伟大的艺术家创造了两项纪录：一、创造了八万多件艺术品。二、活到了九十三岁。

这两项纪录中的任何一项，都足以令世人钦佩。而把这两项纪录加起来搁在一个人名下，就更令人瞠目结舌了。这意味着，作为艺术家的毕加索已达到艺术巅峰——他平均每天要创造两至三件作品,八万多件中许多已成为传世珍品,没有毕加索,美术史就不会是现在这模样。这还意味着,作为生物学意义上的毕加索也接近生命巅峰,高龄九十三岁还几乎没白活一天,他在去世前夜仍然工作到凌晨三时,然后毫不拖延地死去。他这把岁数等于两个半凡·高或者三个莫扎特,虽然凡·高和莫扎特在艺术上与毕加索同属于天才级别,但在生物年龄上却悲惨地低于常人水平。假如让我们在他们三人命运中任选一个来作自己的命运,我想大家都会争抢毕加索,凡·高与莫扎特将会被弃置一旁。这很有意思。

毕加索还有两个纪录更有意思。它给后世带来的误解和启示一样多。

一个:毕加索有过多少情人?这些情人和他的艺术产生怎样的关系?我们所知道的是,生命力极其旺盛的毕加索,每当一个新情人出现,他也就步入一个新的艺术天地,并促使他改变自己的画风。在早年"蓝色时期"他只拥有天才与贫困,是惟一没有具体情人的时期。少女奥利维叶出现,他的调色板由冷峻的蓝色转向温柔的"粉红色时期"。继之美国女作家斯坦因成为他的密友,不久他就创造出了划时代的《阿维尼翁少女》,宣告"立体主义"诞生。接着埃娃进入他生活,毕加索解放了色彩,肢解了画面,创造出大量梦幻般超现实主义作品,《穿衬衣的女人》是这时期的代表作。

几年后,他与芭蕾舞明星柯克洛娃结婚,生活绚丽而奢华,创作上却进入了"新古典时期"。再往后,是玛丽·泰雷丝与毕加索的"曲线体风格";多拉·玛尔与毕加索的"视觉革命—表现主义";弗朗索娃·吉洛与他的"白色时期";拉波特与他的一系列"变奏曲"式对古今名家仿作;雅克琳与他的"艳情画和讽喻画"等等,此时毕加索已八十五岁了,仍然情如少年。上述这些女人的名字都跟随毕加索留在美术史籍中,未见姓名的可能更多。假如没有这些女性,毕加索也决不会是现在的毕加索。我们无意考察他的风流韵事,也不想做什么道德评判,只深深感到人的艺术创造力真跟宇宙黑洞一样神秘难解,寻常艺术理论在天才面前如同蛛网般轻薄无力,有时非但无助于我们理解他们反而让我们误解。历史不乏先例,被误解程度越高的,往往越是那些卓越的人物。

我们再看一个有趣的误解:毕加索的名作《格尔尼卡》,它是一九三七年毕加索为巴黎国际博览会创作的二十七平方米的巨幅油画。毕加索以象征手法表现了被轰炸的西班牙小镇格尔尼卡,画面上没有飞机坦克之类战争场景,却充斥着种种变形的牛、马、女人等等物体:仰天呼号的人脸,濒死的马,断裂的肢体,发呆的公牛……这一切沉浸在铁青的暗色调中,将痛苦与死亡、残暴与绝望、疯狂与恐怖等意义表现得淋漓尽致,那正是世人心目中梦魇般的战争意义。作品展出后立刻轰动于世,其原因来自两方面:一是人们对佛朗哥轰炸和平小镇格尔尼卡震惊;二是人们对毕加索艺术创造震惊。这两方面因素综合起来,使《格尔尼卡》获得罕见的成功。即使在今天,一般的人提到毕加索,首先谈到的仍然是《格尔尼卡》与《和平鸽》,后者曾被印制在许多国家邮票上流传世间。然而,《格尔尼卡》却是一个误解,事实是,格尔尼卡基本没有遭到轰炸,近年问世的有关西班牙内战文件证明,德国纳粹飞机轰炸的只是格尔尼卡近郊工厂与兵营。当时,各种报纸把此事描绘得耸人听闻,世人们惊恐不已,毕加索闻之也肝胆欲碎并激发出巨大创造热情,于是世上便有了格尔尼卡大轰炸,有了巨作《格尔尼卡》。

格尔尼卡轰炸被误传了半个世纪。有趣的是,人们不愿意此事得到纠正,执拗地相信确有那次人间悲剧,因为他们亲眼看见《格尔尼卡》上那震撼人心的画面——它不可能凭空捏造。现在明确了:一则讹传引发了毕加索的创造,毕加索的创造又加固了这则讹传。辉煌源于一个误会,误会又由于那辉煌而进入历史,真是可惊可叹并且稍许可笑。一幅作品在其本身魅力之外,竟然还潜藏着这么多魅力! 毕加索被一则讹传激发出巨大创造热情,我们可以说那讹传是假的,但我们能说毕加索的热情是假的吗? 能说他的创造力是假的吗? 能说他的创造物是假的吗? 如果上述三项是真实的,那你怎么还好意思说格尔尼卡轰炸是假的?

……毕加索以《格尔尼卡》经典性宣告了什么是艺术真实。让我们微笑着沉默下来吧,世上并无格尔尼卡轰炸,只有毕加索轰炸。